雨森たきび
ILLUST. いみぎむる
JN048036
負けヒロインが多すぎる!
vol 2

STIGATION

浮気調査
INFIDEL
INVE

「お兄様、さあ召し上がれ♪」
佳樹のふわふわパンケーキ

マケインさんは風呂のなか

CONTENTS

Too Many
LOSING
Heroines!
AMAMORI TAKIBI presents
Illustration by IMIGIMURU
雨森たきび
ILLUST. いみぎむる
負けヒロインが多すぎる！
vol 2

登場人物紹介

温水和彦
ぬくみず・かずひこ

高校1年生。
達観ぼっちな少年。

八奈見杏菜
やなみ・あんな

高校1年生。
明るい食いしん坊女子。

小鞠知花
こまり・ちか

高校1年生。
文芸部。
わりと腐りぎみ。

焼塩檸檬
やきしお・れもん

高校1年生。
陸上部エースの
元気女子。

温水佳樹
ぬくみず・かじゅ

中学2年生。
全てをこなす
パーフェクト妹。

月之木古都
つきのき・こと

高校3年生。
文芸部の副部長。

志喜屋夢子
しきや・ゆめこ

高校2年生。
生徒会役員。
歩く屍系ギャル。

玉木慎太郎
たまき・しんたろう

高校3年生。
文芸部の部長。

綾野光希
あやの・みつき

高校1年生。
本を愛する
インテリ男子。

朝雲千早
あさぐも・ちはや

高校1年生。
綾野のカノジョ。

駅前の精文館書店からの帰り道。

路面電車の赤い車体から電停に降り立つと、俺は強い日差しに目を伏せる。

8月後半にもかかわらず、いまだ暑さが衰える気配がない。

横断歩道を渡りながら、手の平に伝わるブックカバーの手触りに思わず口元を緩める。

そう、待ちに待った『私のことを貧乳とかいう奴は犬のうんこ踏め』の最新刊を手に入れたのだ。

この小説は胸の大きさで階級が決まるディストピアを舞台にした熱い能力バトル物だ。

なにしろ前巻のラストで親友のキラリちゃんの胸がCカップに育っていたことが判明し、主人公の敵に回ったのだ。続きが気にならないわけがない。

1年C組、温水和彦。ツワブキ高校文芸部所属。

平穏な夏休みの一日。まだ時計は11時を回ったばかりだ。さっさと帰って、クーラーの効いた部屋で表紙と口絵を堪能するとしよう――。

背中にセミの声を浴びながら帰宅すると、玄関に澄んだ声が響き渡った。

「おかえりなさいお兄様！」

俺に走り寄ってきたのは二つ下の妹、温水佳樹。

多少ブラコン気味なのが玉に瑕だが、素直で可愛いやつである。デニム地のオーバーオールスカートに身を包み、今日は長い黒髪に大きなリボンを付けている。

「どうした、そんなに焦って」

「お兄様！　大変です！　緊急事態です！」

佳樹は手に壁掛けカレンダーを持ち、興奮気味にピョンピョン飛び跳ねる。

「緊急事態？　それになんで、そんなもの持ってるんだ」

「だってだって！　面接の日程をすぐに決めないと！　むしろ今からでしょうか?!」

……なにがなんだか全然分からん。

「よーし、まずは落ち着け佳樹。落ち着いたら、なにがあったか俺に教えてくれ」

「はい、落ち着きました！　昼食の支度をしていたら急にいらっしゃって！　あ、お昼ご飯は昨日の残りのカレーです！」

うん、全然落ち着いてないな。とりあえず昼食のメニューは分かった。

「ああ、二日目のカレーは美味しいもんな。それと誰か来たんだな？」

「はい！　なのに佳樹ったらお客様の前でこんな格好で！　着替えてきますので、お相手をお願いします！」

「え、おい」

「お客様はリビングに通してますから！」

言い残して階段を駆け上がる佳樹。

客が来たからって、なんでそんなに慌ててるんだ。

不思議に思いながら脱いだ靴を揃えていると、可愛らしい女物のスニーカーが目に留まる。

佳樹には大きく、母が履くにはデザインが若すぎる。

俺は廊下の先に視線を送る。微かに感じる人の気配。

「……まさか、な」

考えても仕方ない。俺はリビングに向かった。

～1敗目～　八奈見杏菜は匂わせたい

「ただいま……」

恐る恐る扉を開けると、そこに広がっていたのは見慣れた我が家の光景だ。

ダイニングとリビングが一緒になった18畳。付けっぱなしのテレビでは再放送の旅番組が流れている。

いつも通りだ。テーブルでスプーン片手に大口を開けている女子の姿を除いては。

「あ、温水君久しぶり。おじゃましてるよ」

女子はそう言うと、仕切り直しとばかりにスプーン山盛りのカレーをパクリと頬張る。

「ちょっ?!　なんでここにいるの?!」

口一杯のカレーで頬を膨らませている女子の名は八奈見杏菜。

つい最近、ポッと出の転校生に幼馴染を取られた正統派負けヒロインだ。

カレーを飲み込んだ八奈見は、頬にご飯粒を付けたまま明るい笑顔を向けて来る。

「このカレー美味しいね。あれでしょ、二日目のカレーってやつ?」

「ああうん、そうだけど。それでなんで八奈見さん俺んちでカレー食べてんの?」

「それふぁね、ふぉっふぉおもっふぉ」

食いながら喋るな。

佳樹の言っていた客とはこいつのことか。俺は溜息混じり、テーブルの向かいに座る。

……よし、飲み込んだな。

「あの八奈見さん、家に来るなら事前に連絡を」

俺のもっともな苦情に返ってきたのは八奈見のジト目だ。

「温水君、ＬＩＮＥ見てないでしょ。行くよって何度か送ったんだけどー」

え、そうだっけ。スマホを確認するとＬＩＮＥのアイコンに丸いマークがついている。

「ごめん、気付かなかった。ＬＩＮＥ送ったよってメールかなんかしてくれたら」

「いやいや、ちゃんと通知画面に出てくるでしょ」

「通知画面……？　ああ、これか」

これってソシャゲのポイント回復を教えてくれる機能じゃなかったんだ。

俺は誤魔化すように目を逸らす。

「八奈見さんがいるのは分かったけどさ。いったい何の用なの？」

一学期の終業式の日、彼女と正式に友達になった。

とはいえ、フラリと家に遊びに来るほどの仲ではない。カレーを食っているのは――まあ、そんな感じの女なのだ。

八奈見は早くもカレーを食べ終わりそうだ。スプーンを器用に使って、ご飯とルーの残りをかき集めている。

最後の一匙を名残惜しそうに口に入れると、八奈見は両手をパンと合わせる。

「ごちそうさまでした。んとね、友達のとこ素麺配って回ってるの」

「素麺？」

見ればテーブルの上に大きな紙袋が乗っている。

つまりお中元ってやつか？　お返しはサラダ油のセットでいいかな。八奈見、油好きそうだし。

紙袋の中身を覗くと、『お徳用』と書かれた素麺の包みがギッシリと入っている。

「お中元って感じじゃなさそうだな。どうしてこんなに」

「聞きたい？　聞きたいよね？」

「いや、そんなには」

八奈見はティッシュで口元を拭くと、俺に構わず話し出す。

「それがね、父さんの今月のお給料が素麺だったの」

「給料が……？　どういうこと？」

「だから、色々あって7月分のお給料が全額、素麺で払われたの。素麺オンリー」

八奈見の言葉に何故かセミの声がぴたりと止まる。

「ひと月分の給料全部って相当な量だよな」

「末端価格３０万円分の素麺がうちにあるね」

「ちなみに聞いとくけど、素麺って隠語じゃないよね。合法？」

「あたりまえでしょ。人の家庭を何だと思ってるのよ」

八奈見は遠い目で窓の外を眺める。釣られて俺も外を見る。

「食べた……一生分、素麺食べたよ……」

８月の青い空、うだる暑さは変わらないが、雲の形が夏の終わりを確かに告げている……。

「つまり素麺のおすそ分けか。そんなにあるなら、ご近所さんにも配ったらいいのに」

「してたんだけど。なんか最近、居留守使われるようになった」

素麺のせいでご近所トラブル発生だ。

「そうか……」

「うん、そうなの……」

俺たちはしみじみと沈黙をかみしめる。

「これで温水君の家でカレーを食べてた理由も分かったでしょ？」

「ああ、良く分かんないけど良く分かった。お代わりいるか？」

「二杯目だし、もう大丈夫」

お代わり済だった。

最初は心乱されたが、冷静になれば友人が素麺を持ってきてくれただけの話だ。

「温水君、ひょっとして今朝のＬＩＮＥも見てないの？　文芸部の臨時部会があるってやつ」

「え、そんなん来てたんだ」

全然気付かなかったぞ。慌ててスマホをチェックすると、文芸部のグループＬＩＮＥに部長からメッセが来ている。明日の午後から部室に集まって欲しいとのことだ。

グループトークの履歴からすると、八奈見も出席のようだ。

俺は手短に了解の返事を入れる。

「それはそうと八奈見さん、忙しいんだろ。こんなとこでのんびりしてて大丈夫か？」

「え、それって早く帰れって意味？」

八奈見は不貞腐れたように口をとがらせる。

「それもあるけど。友達のところ、素麺配って回ってるんじゃなかったっけ」

「うん、この後もう一軒——え、最初なんか言った？」

「なにも言ってないよ。ほら、天気予報で午後から暑くなるってさ。用事は早く済ませた方が」

「……まずは梨を食べてから」

八奈見の目がキラリと輝く。

「梨？」

背後の気配に振り向くと、制服姿の佳樹が皿を持って笑顔で立っている。

「八奈見さん。梨をむきましたけど、いかがですか？」

「頂きます！　ありがと、佳樹ちゃん」

そういや佳樹のこと忘れてた。しかもこの二人、なんかちょっと仲良くなってるぞ。

佳樹は子犬のように目を輝かせながら俺の隣に座る。

「あ、この梨美味しいね」

「親戚から小島の梨を頂きまして。それはそうと八奈見さん、少しお話を伺ってもよろしいですか？」

言いながら取り出したのは、レポート用紙とボイスレコーダー。

……こいつ、本気で面接を始めるつもりだな。

「私は構わないけど。宿題かなにかなの？」

「はい、そんなところです！　えっと、まずは生年月日に血液型、家族構成、趣味に特技、お兄様との馴れ初めに……」

まずい、佳樹のスイッチが入った。俺はすかさず間に入る。

「いやほら、八奈見さんは忙しいんだ。そういうのはまた今度に」

「でもでも！　お兄様の学校での素敵エピソードも聞かせてもらわないと！」

それは無茶振り過ぎる。

「分かったからお部屋に戻ろうな。はい、立っちしてー」

「むー」

なんとか佳樹を追い出すと、八奈見がポツリと呟く。

「……温水君、自分のことお兄様って呼ばせてるんだね」

「呼ばせてるわけじゃないぞ。そこ大事」

「それにメッチャ可愛いよね。顔ちっちゃくて髪サラサラだし」

「ああ、昔から俺とよく似てるって言われるけど」

「誰から言われてるの？　私にも会わせてよ」

やだよ。早く食って帰ってくれ。

俺は肘をつき、窓の外に目をやる。空に散らばるいわし雲。

ああ、随分空が高くなったな。朝夕はひぐらしが鳴くようになってきた。

「八奈見さん、少しずつ秋が近付いてきてるね」

「つまり梨の季節ってことだね。食べたいなら言えばいいのに」

八奈見は梨をかじりながら、俺に皿を差し出す。

「……ありがと」

俺はセンチな気分に浸るのをあきらめ、勧められるまま梨を手に取った。


新学期まであと10日余り。

そしてこの時の八奈見が、平和な夏休みの終わりを告げる使者だったと——後々思い出す

ことになる。

◇

翌日の午後。

俺は愛大前（あいだいまえ）駅からほど近いツワブキ高校の校門をくぐりながら、制服のネクタイを締め直す。

部室の扉を開けると先客が一人。

文芸部の部室は壁の一面が天井まで本棚になっていて、その前では小柄な女子がパイプ椅子に座って文庫本を開いている。

風でふわりと膨らんだカーテンが女子の姿を隠す。

——小鞠知花（こまりちか）。

頭の横で小さく結んだ髪。目元を隠す前髪が乾いた風に揺れている。

同じ文芸部の1年生。部長に振られて、晴れて負けヒロインの仲間入りをした女子である。

一学期に出会った頃、こいつは怯（おび）えるハムスターのような女だった。

それをスマホの筆談から始めて、軽口を叩き合えるまでに心を開いたのだ。俺をコミュ障だと言ってたやつは反省して欲しい。

「小鞠、お疲れ。久しぶりだな」

「うぇ……？　あ、あぅ……」

小鞠は何か言おうとして言い淀むと、ポケットからスマホを取り出す。

そして流れるような指使いで画面を叩いて、俺に突き出してくる。

『ずいぶん早いな。時間まで本でも読んで待ってろ』

「え？　ああ」

再び文庫本に目を落とす小鞠。

……待って、なんか好感度がリセットされてるんだが。このソシャゲ、未ログインに厳し過ぎないか。

「えーと、小鞠？」

「う、あ……」

再びスマホを取り出そうと焦る小鞠に首を振る。

「いや、なんでもない」

デジャブを感じながら俺は離れた椅子に座る。

しばらく黙ってスマホをいじっていたが、この雰囲気は流石の俺でも気まずい。俺は返事を必要としない会話を時折投げる。

ゲージを貯めるのに焦りは禁物だ。無難に可愛い動物の話とかで、厄介娘の心を溶かすとしよう。

「げ、齧歯類の話は、もういい……」

２０分ほど過ぎた頃、ついに小鞠が音を上げ……じゃない、心を開いてくれたようだ。

「いやでも、砂ネズミとハムスターの違いについてもう少し話をだな」

「グ、ググるから、大丈夫」

グーグル先生なら不足はない。そもそも目的は小鞠と会話することだし。目的は達成だ。

満足してスマホを眺めていると、ドスンと大きな音をさせて部室の扉が開く。

見ると両手で段ボール箱を抱えた八奈見が足で扉を押さえながら部室に入ってくる。

「お疲れー、二人とも早いね」

俺は立ち上がると、段ボール箱を受け取って机の上に置く。

「温水君、ありがと。まだ先輩たちは来てないんだ」

八奈見は疲れた両手をブラブラと振りながら椅子に座る。小鞠はボソボソと呟きながら、部屋の隅に椅子ごと移動する。

「この箱、やたらと重いと思ったら素麺か」

「みんなにもあげようと思って。小鞠ちゃんも帰りに持ってってね」

部屋の隅で無言で頷く小鞠。

八奈見は俺の側に椅子を寄せてくる。俺は微妙に遠ざかる。

「……温水君、小鞠ちゃんになんかした？　頭のピコピコ引っ張ったとか」

「しないし。慣れるまであんな感じだから、大きな声を出したり、急に動いたりするなよ」

「分かった。猫カフェみたいなもんだね」

そんな可愛(かわい)いもんかは知らんが。

小鞠を刺激しないように静かに過ごしていると、約束の時間から少し遅れて、二人の３年生が姿を現した。

文芸部部長の玉木慎太郎(たまきしんたろう)と副部長の月之木古都(つきのきこと)。

７月の合宿で付き合い始めて、辛(つら)くも楽しい受験生ライフを送っているはずだ。

「悪い、みんな待たせたな」

「ごめんねー、折角(せっかく)の夏休み中に」

二人が並んで座ると、小鞠が安心したように椅子を近付けてくる。

「お疲れ様です。なんか久しぶりですね」

俺の言葉に部長が疲れた顔をする。

「さすがに受験勉強が大変でさ。俺はなんとか合格圏内だけど」

部長が横目で見ると、そっと目を逸(そ)らす月之木先輩。

「頑張ってはいるのよ？　でもほら、受験は逃げないから自分のペースを大切にしようと思ってね」

「古都、受験は逃げなくても合格はどこまでも逃げるぞ」

「全部落ちたら就職しようかな。永久就職、なんちゃって――」

ふざけて言った月之木先輩と小鞠の目が合う。

二人は顔を見合わせて、何ともいえない表情でニターッと笑い合う。頭を抱える部長。

……安心して欲しい。この二人は問題なく仲良しだ。だからといって部長の苦労が減るわけではないが。

この雰囲気を変えようとでもしたのか、八奈見が手を上げる。

「それで今日は何があるんですか?」

「ああ、そうだったな」

助け舟に部長は改めて話し出す。

「生徒会から通知があってな、今年から全部の部活が夏休みの活動実績を報告することになったんだ。今日はその件でみんなに相談をしようと思って」

夏休みの活動実績? もうとっくにお盆も過ぎてるぞ。

「どうして今更、生徒会がそんなことを言い出したんですか?」

俺の横やりに部長は苦笑いで月之木先輩を見やる。

「今更というか7月には通知が来てたんだけどな」

「仕方ないのよ。私、受験勉強と自動車学校で忙しくて、すっかり忘れてたの」

ポケットから取り出したプリントを、笑顔でひらひらさせる月之木先輩。

……この人、自動車学校とか言わなかったか？　ツッコみたいところだが、ここはスルーだ。部長が可哀（かわい）そうだし。

八奈見が手を伸ばしてプリントを受け取る。

「これ、合宿もＯＫって書いてありますよ。先月の海水浴じゃダメなんですか？」

「あれは夏休み前だからな。あと一週間、遅ければ良かったんだが」

そういやそうか。他に夏休みに入ってからした活動といえば。

「ＷＥＢで小説の更新をしてますが」

「それだけだと、いつもの活動と変わらないだろ？　夏休みに特別な活動をした実績が欲しくてさ。そこでだ」

部長が目配せすると、月之木先輩が鞄（かばん）からＡ４サイズの冊子を取り出す。

「見て。みんなのＷＥＢ小説を印刷して、部誌のサンプルを作ってみたの。表紙と奥付を付けるだけでそれっぽいでしょ？」

渡されたサンプルをパラパラめくると、俺が連載中のラブコメも入っている。

「なんか白紙のページが多いですね」

「あくまでもそれはサンプルだ。完成版では、みんなの小説の間に俺が解説やコラムを入れようかと思ってな。ただＷＥＢ小説を印刷しただけじゃ、活動としては弱いだろ」

「あ、私のやつも載ってる」

八奈見(やなみ)が横から俺の手元を覗き込んでくる。

「みんなは今から、収録する自分の小説をどれにするか考えてくれ。もちろん、新しく書いてもらってもいい」

「ぶ、部長は、なに、載せるんですか?」

小鞠(こまり)の質問に、部長は申し訳なさそうな顔をする。

「俺は新作書いてる時間もないし、連載しているやつのダイジェストを載せようかと思ってさ。みんなも無理がないように頼むな」

さっきから月之木(つきのき)先輩は黙ってノートに何かを描いている。

「先輩、何やってるんですか」

「私の書いた新作は慎太郎(しんたろう)に掲載不可のジャッジを喰(く)らってね。代わりに表紙の絵を描こうかと」

鉛筆でアタリをとっている絵は、男性二人の人物画のようだ。再びボツにされそうな雰囲気がヒシヒシと漂っている。

さて、俺はなにを載せようか。考えながらスマホで『文豪になろう』のマイページを開く。

自作の『初恋通りの半端モノ』は第5話まで掲載中だ。載せるならやっぱり第1話かな……。

ふと確認すると、読者数にあたるブックマークは4件。この部屋にいる部員の数と一致しているのは偶然ではない。

虚しさを感じつつ、俺の読者ですらない最後の部員を思い出す。

――焼塩檸檬。陸上部の若きエースで、文芸部の兼部部員。元気が取柄の日焼け娘である。

そいつも最近負けヒロインデビューを果たした逸材だ。

「部長、そういえば今日って焼塩は来ないんですか」

「ああ、用事で来れないってさ。後で話をしておくよ」

あいつ陸上部がメインだしな。ちょくちょくこの部室を荷物置きに使っているので、所属している自覚はあるようだが。

それぞれに自分の小説をチェックしていると、八奈見が唐突に声を上げる。

「はい、私は合宿の時に書いたやつの続きを書きます！　ね、小鞠ちゃんはどうするの？」

「うぇ……？　あ……」

突然話を振られた小鞠は、スマホを取り出すと画面を向けてくる。

『私は新しく短編を書くつもり』

「へえ、頑張るね。温水君はどうするの？」

「俺は連載してるやつの第１話を手直しして載せようかなと」

部長は大きくうなずくと、両手をパンと打ち合わせる。

「これで決まったな。原稿の準備ができたら俺に送ってくれ」

言い終わると、部長と月之木先輩は揃って立ち上がる。

「あれ、二人はもう帰るんですか？」

俺の言葉に部長はからかうように月之木先輩の腕をつかむ。

「古都が受験から逃げないよう捕まえておかないとな。それじゃ、また」

「じゃーね、後はよろしく」

部長に続いて出ていこうとした月之木先輩が、何かを思い出したように振り返る。

「ねえ、明日なんだけど。誰か私の代わりに図書室の手伝いに行けないかしら」

「手伝いですか？」

「前にうちからも毎年、図書委員を出してるって話をしたでしょ。当番まではしないけど、蔵書整理の時には手伝いに行ってるのよ。今年は私が委員なんだけど、忙しくてね」

月之木先輩の肩越し、部長が説明を加える。

「新刊を入荷するときは希望を聞いてくれるし、部費で本を買う時には図書室経由だと割引してもらえるんだ。ま、持ちつ持たれつって関係だな」

二人の話を頷きながら聞いていた小鞠が、おずおずと手を上げる。

「わ、私、い、行けます」

「俺も大丈夫です」

「ホント？　人数が多い分には大歓迎。図書室とは仲良くしておかないとね」

八奈見は申し訳なさそうに手を合わせる。

「すいません。私、明日は同窓会の約束があって」

「気にしないで、急なお願いだったし。じゃ、詳しい時間はあとで連絡するわ」

今度こそ手を振って出ていく部長と月之木先輩。

廊下から響く二人の声が聞こえなくなった頃。小鞠は落ち着かなげに、読んでいた文庫本を閉じると、ボソボソ呟いて部室を出ていった。

多分、さよならとかお疲れ様的なことを言ったのだろう。

八奈見があくびを噛み殺しながら伸びをする。

「じゃ、私も帰るね。明日に備えて、美容院予約してるの」

明日。確か……同窓会って言ってたな。

「同窓会って、ひょっとして袴田も来るのか？」

「もちろん。でも同窓会っていっても大げさなものじゃなくて、草介とか当時仲良かった何人かで遊びに行くだけだよ」

「ふうん。楽しそうじゃん」

心にもない俺の相槌に、八奈見は明るい笑顔を見せる。

「その同窓会に――華恋も来るの」

「……え、姫宮さんも？」

姫宮華恋。５月にうちのクラスに来たばかりの転校生だ。

そして僅か2か月で、八奈見の幼馴染であり想い人の袴田草介と付き合いだした美少女である。

八奈見もかなり可愛い方とはいえ、華やかさとヒロイン感では圧倒的に姫宮華恋が上回る。ついでに言えば彼女の方が胸も大きい。

「えーと、なんで転校生の姫宮さんが同窓会に……？」

「うちらの仲間内、彼氏彼女ができたら紹介するの。強制じゃないけどさ」

それは分かったが。二人の中学時代の友人ということは、八奈見と袴田の仲は良く知っているはずだよな。

そこに彼女の姫宮さんを連れて行くということは……。

心配そうな表情をする俺に、八奈見は安心させるように頷いてみせる。

「心配ないって。私は一学期の私じゃないの。そう、私は自分を取り巻く全て、世界の全てに感謝する優しい心に目覚めたの」

「……はい？」

こいつまたなんか言い出した。八奈見はやれやれと肩をすくめる。

「温水君にも分かるように説明するね？」

「期待してないけど頼む」

「あのね、草介も華恋も私の親友でしょ。親友が幸せになるってことは、私にとっての幸せでもあるじゃない？」

んー、まあ……そうかな。俺は素直に頷く。

俺の態度に満足したか、八奈見はドヤ顔で言葉を続ける。

「つまりあの二人は付き合うことによって私を幸せにしてくれたの。今となっては二人には感謝しかないかな」

「……八奈見さんがそれでいいなら」

この心境の変化はどういうことか。不思議に思っていると、八奈見は一冊の本を取り出した。

タイトルは『あなたの心を軽くする１０８の魔法の言葉』。

「なにその本」

「なんかこう、君は君のままでいいんだよ、焼鳥は串から外さなくて良いんだ、一本丸ごと食べていい……みたいなことが書いてあるの。温水君にも貸してあげようか？」

なるほど、心が弱った時に読むやつだ。

無邪気な笑顔の八奈見に向かって、俺は無言で首を横に振った。

◇

最後に部室を後にした俺は中庭の自販機に寄る。

サンプルを眺めていると、どこからか微かに声が聞こえてくる。

「だれか……いるの……？」

……ん？

なんだ今のか細い声。辺りを見回すが人っ子一人いない。

気のせいかな。最近調子がいいとラノベを読んでいてもキャラの声が聞こえるし、きっと幻聴に違いない。気を取り直してジュースを買うとするか。

「……そこの……君……」

「にゃっ!?」

思わず女の子みたいな悲鳴を上げたのは勘弁して欲しい。

なにしろ薄暗い自販機の陰から、突然白い手が伸びてきたのだ。

俺は小鹿のように怯（おび）えつつも、手首に巻かれたシュシュとデコった爪に目を留める。この雰囲気には見覚えがある。確か生徒会の……。

「志喜屋（しきや）先輩ですか？」

俺の呼びかけに暗闇の中の塊がモゾリと動く。

「……そういう君は……文芸部の少年……」

自販機にグッタリと寄りかかっているのは志喜屋夢子。ツワブキ高校生徒会の2年生だ。

ウェーブした白茶色の髪に盛った睫毛——にもかかわらず白い肌。

俺好みな要素が詰まったギャルファッションの先輩だが、いかんせん白いカラコンが怖すぎる。そしてこの人の周りはどういう理屈か暗闇が深くなる。

「えーと、そんなところでなにをしてるんですか？」

「飲み物……買いに来たら……力尽きた……代わりに……買って……」

志喜屋さんは小銭をつまんだ指を差し出してくる。

「あ、はい。お茶かなんかでいいですか？」

「いろはすが……いい……桃のやつ……蓋も開けて……」

注文が細かい。

とはいえこんなんでも一応先輩だ。言う通りにペットボトルの蓋まで開けてやる。

「丁度だったのでお釣りはないですよ」

「飲ませて……」

「はい？」

この人一体なに言った。

志喜屋さんは俺の返事を待たずに目を閉じて顔を上げ、血の気の引いた薄い唇をわずかに開く。

「え？　あの、その。志喜屋先輩？」

なんだこのキス待ちみたいな雰囲気は。俺はごくりと息を飲む。

落ち着け、やましいことなど何もない。俺は今から良く知らない先輩女子に水を飲ませるだけなのだ。そのシチュエーションもわけ分からんが。

「……は……やく……」

「は、はい！」

男として女子に恥をかかせるわけにはいかない。俺はゆっくりと志喜屋さんの口に水を流し込む。

――夏休み、人気のない中庭の自販機の陰。

薄暗い中、志喜屋さんの細い喉が微かに蠢く。口の端から雫が一筋、細くこぼれている。

セミの鳴き声が、ワンワンと頭の中に響いている――。

……一体、俺はここで何をしているのだ。

「あの、そろそろ自分で飲んでもらえますか？」

我に返った俺の言葉に、志喜屋さんはいきなり俺の手を摑んできた。

「にゃっ!?」

「……いっぱいで……あふれそう………」

志喜屋さんはペットボトルを受け取ると、自販機の陰から陽の中に姿を現わす。

「ありがとう……生き返った……」

やっぱ死んでたのか。というか、いろはすメッチャこぼしてるが。

「ペットボトル横向けちゃだめですって！　ほら、蓋閉めて」

代わりに蓋を閉めてやると、今度はハンカチを差し出してくる。ピンクのフリル付き。

「口、拭いて……？」

「ハンカチ持ってるなら自分で拭いてくださいって。あーもう、仕方ないな」

３歳頃の佳樹を思い出す。あいつは両親の前だと綺麗に食べるのに、何故か俺と一緒の時はボロボロこぼしてばかりだったのだ。

そのせいで食事中は佳樹のお世話に付きっきりだったな。

「さ、服は自分で拭いてください。リボンも濡れてますよ」

湿ったハンカチを返そうとするが、志喜屋さんは受け取ろうとしない。

「先輩？　あの、ハンカチ」

「そういえば……古都さん——月之木先輩は……どうしてる……？」

「あの人ならさっき会いましたけど。最近は受験勉強で忙しいみたいですね」

「玉木さんと……付き合いだしたのは……ホント？」

言いながら志喜屋さんはグラグラと揺れている。

「あ、はい。そうですけど」

「そう……なんだ……」

呟きながらグラリとよろめいてくる志喜屋さん。それを避けつつ、校舎に向かってフラフラ歩く志喜屋さんの背中を見送る。

無事、建物の中に姿を消すのを確認すると、ホッと息をつく。

あの人、部長のことも知ってたみたいし、どういう仲なんだろう。

「あ、ハンカチ返すの忘れた」

追いかけようか迷ったが、あの人と対峙するにはそれなりの元気と心構えが必要だ。

そのうち改めて返すとしよう。直接会わないように郵便かなんかで。

◇

翌日の午後。俺はツワブキ高校図書室の扉を開けた。

カウンターの中では図書委員の女生徒が一人、一心不乱にノートパソコンに向かっている。

少し迷ってから声をかける。

「えーと、すいません。自分は」

「ごめんなさいね。今日は蔵書整理の日でお休みなの」

「あ、いえ。文芸部から手伝いに来た温水です。何をすればいいですか」

女生徒はキーボードを叩く手を止め、細面（ほそおもて）の色白な顔を上げる。後ろで一本に編み込んだ三つ編みを、肩から前に垂らしている。

「文芸部の助っ人さんね。ありがとう、古都（こと）先輩から聞いてます」

彼女は長めのスカートを押さえながら立ち上がると、カウンターから外に出て来る。袖の校章の意匠からすると2年生のようだ。

「助かるわ、夏休みは人手が足りなくて。私と一緒に来て」

「あ、はい」

俺はすれ違う女生徒の横顔をチラ見する。細身の肢体に、儚（はかな）げで繊細な作りの顔立ち。飾り気はないが結構可愛（かわい）い。

……やっぱ図書委員とか文芸部員はこうじゃないとな。幸が薄そうというか、未亡人っぽさというか。

図書室の奥に向かいながら、彼女は小さく笑う。

「文芸部、新入部員が入ったのね。少し安心したわ」

「えー、まあ。最近まで幽霊部員だったんですけど」

「これからもよろしくね。文芸部の女の子が先に来てるから、手伝ってあげて」

彼女が白い指で差す先は９００番台。文学の棚だ。

並んだ書棚の陰、小鞠（こまり）がブツブツ言いながら本のラベルを覗き込んでいる。

「小鞠、お待たせ」

声をかけると、小鞠は前髪の間からじろりと俺を見上げてくる。

「お、遅いぞ。ぬ、温水は、リストの後ろ半分、頼む」

「了解、さっさと済ませるか」

俺はリスト片手に本のチェックを始める。

えーと、まずはラベル順に並べ替えて、抜けてる本がないかチェックして。

……これ、意外と退屈だな。威勢よく言ったはいいが、なんか眠くなってきた。

「そういや小鞠、部誌用に新しく小説書くって言ってたよな。なに書くのか決まったか」

冷たくあしらわれるかと思ったが、眠気覚ましの雑談に小鞠が乗ってきた。

「ま、まあな。というか、も、もう書いた……。い、異世界転生……れ、恋愛、ジャンル……」

マジか。俺なんて、連載第1話の原稿を直すのすら上手くいかないのに。

「早いな。なろうには載せるのか？」

「き、昨日の晩、載せた……」

言いながら、ムニムニと口元を緩める小鞠。

「どうした、なんか嬉しそうだな」

「な、なろう、日間ランキング……の、のった……」

「え、凄いじゃん。小鞠の書いたのって異世界転生で恋愛だっけ」

俺はスマホを取り出す。えーと、ジャンル別ランキングってどう見るんだっけ。

適当にクリックしていると、ずらりと総合ランキングの上位作品が表示された。ここは読者に選ばれし猛者のみが掲載を許される戦場だ。

適当に画面を送っていると、どこかで見た『久遠ウサギ』なる作者名。

「これ、小鞠のペンネームか？　って、総合8位?!　一桁!?」

「え、えへへ……。が、画面更新、するたびに……ポイントが増えてる」

嬉しさを堪え切れないのか、小さくぴょんと飛び跳ねる小鞠。

なろうでは総合日間ランキングは上位３００位が表示される。それに載るだけでも一苦労なのに、上位一桁とか雲の上の世界だ。

「うわ、三千ポイント超えてるじゃん」

こいつのこれまでの連載作は投稿サイトではポイントの伸びにくいあやかし系だ。

そんなマイナージャンルの新人にもかかわらずポイントは4桁に届き、俺に何かとマウントを取ってきてたのである。

短編とはいえポイントが一晩で三千を超えたとあれば、馬乗りクラスに調子に乗るに違いない。

恐る恐る様子をうかがうと、小鞠は『どやぁ……』と形容するしかない表情で俺を見ている。

「ま、まあ、ポ、ポイントがどうとか、関係ないし」

「お前、こないだメッチャ煽ってきたじゃん」

「す、好きなモノ、書くのが一番。ぬ、温水も今のまま、頑張れ」

「うわ、死ぬほど上から目線だ」

畜生、これが勝者の余裕というやつか。

とはいえ、ポイントが俺の１００倍だからって、読まなくては良し悪しは判断できない。

俺は小鞠の小説タイトルをクリックする――。

文芸部活動報告　～夏報　小鞠知花『婚約破棄は高らかに！』

「シルヴィア・ルクゼード嬢。私は貴方との婚約を破棄する！」

私は突然の宣告に言葉を失った。

どうやら私にはアンヌ男爵令嬢の殺害未遂容疑がかかっているようだ。

そしてたった今、私の屋敷の応接室で婚約破棄を言い渡したのは、この国の王太子、ギュスター第一王子。

物心ついたころからの幼馴染で、私の婚約者だ。

クルクルとした黄金色の巻き毛。私よりも長い睫毛に包まれた青い瞳の輝きは、見る者の心を一目で奪う。魅了の瞳の能力持ちだと噂されるのも頷ける。

だが今その瞳に浮かんでいるのは怒りと侮蔑の色。

私は届かぬと分かっている手を、王子に向かって伸ばした。

「ギュスター様……」

「シルヴィア、言い訳なら修道院で――」

「待って！　まだ卒業パーティーイベが始まっていないんですけどっ?!」

その言葉にギュスター王子はポカンと口を開く。

……そう、この世界はいわゆる乙女ゲームの世界。

平凡な女子高生だった私が目覚めると、はまっていたゲームの中の悪役令嬢シルヴィア・ルクゼード公爵令嬢になっていたのだ。

私の細心のフラグ立てにより、現在ストーリーはトゥルーエンドに向かっている。

そして今日はゲームの最終章、王立魔法学園の卒業パーティー。私はそこでギュスター王子に婚約を破棄される流れだ。

そのまま親には勘当され、田舎の修道院に送られるはずなのだが。

「パーティーの場で婚約を破棄してもらわないと全てが台無し！　なんのためにこれまでフラグ立て、ルート管理を頑張ってきたと思ってるの!?」

ここには侍女と王子のお付きの他、誰も目撃者はいないのだ。それでは困る。

「シルヴィア、君は何を言っているのだ……?」

私が錯乱したとでも思ったのだろうか。王子は眉をひそめて一歩、私から後ずさる。

……いや、実際に私は慌てている。

人気キャラ、悪役令嬢シルヴィアは後日発売の外伝で幸せを摑む。パーティーで王子に向かって啖呵をきった私を、隣国の俺様系王子が見初めるはずなのだ。

『面白い女だ』

というセリフと共に。ここで婚約破棄されてはそれも叶わない。

「と、とにかくだ。君のアンヌ男爵令嬢に対する非道は見過ごすことはできない。だが衆人環視の中、婚約を破棄されればこれからの君の評判にも響く。元婚約者としてのせめてもの慈悲だ」

え、待って。その優しさ要らない。このままじゃ、私は単に婚約を破棄されて修道院に送られるだけじゃない。

「分かりました。じゃあとにかくパーティーに向かいましょう。私が会場でアンヌ嬢を侮辱するので、貴方は私を断罪して婚約破棄を言い渡すのです！」

よし、少し強引だがこれでルート復帰だ。私はスカートの裾を摘まみ上げると、部屋から出ていこうとする。

「ま、待ってくれ。もう婚約は破棄済で……」

背中に投げかけられるギュスター王子の弱々しい声。私は腰に手を当て、王子を睨みつける。

「いい加減になさってください！　王太子ともあろうお方が、こんなところでコソコソと！　卒業パーティーの場でドーンと婚約破棄なさいませ！」

「あの、だから。私の話を」

私は問答無用とばかりに王子の腕を摑む。

「さっさと行きますよ！　私の悪行を調べた調査書は忘れずに！　すぐに馬車の準備を！」

さあ、グズグズしてはいられない。

私だけのトゥルーエンドを目指し、婚約破棄は高らかに――

◇

……なるほど、こんな感じか。

俺の外部読者0人の小説よりは、読んでもらえそうな気はする。

評価ポイントをいくつ付けようか迷っていると、スマホを眺めていた小鞠が眉をひそめる。

「小鞠、どうかしたのか？」

「や、焼塩からメッセが……」

「へえ、あいつと連絡とってるんだ」

いつの間にそんなに仲良くなっていたのか。

「さ、最近たまに、焼塩と一緒に、走ってる」

小鞠、走ったりするんだ。あー、でもそういえば。

「なんか終業式の日、そんな話してたな。え、ホントに走ってるのか？」

「ぬ、温水のせいだろ……」

「はい。すいません」

これは謝るしかない。

一学期最後の放課後。小鞠は俺が八奈見と二人で話をする時間を作るために、走りを教えてくれという口実で焼塩を連れ出してくれたのだ。

まさか、本当に一緒に走る羽目になっているとは思っていなかったが。

「断りゃいいのに」

軽く言った俺の言葉に、小鞠はモジモジとうつむく。

「わ、私……ご、強引にグイグイ来られると、な、なんか断れない……」

なにそのエロマンガ向きの性格。

「その話もっと詳しく——じゃなかった。嫌なら俺から焼塩に上手いこと言っておくけど」

「し、死ね……」

前半ちょっと本音が漏れたが、言い過ぎではあるまいか。

「べ、別に、い、嫌なわけじゃない……。わ、私の体力、合わせてくれるし、く、靴もくれたし、疲れたらおぶってくれるし……」

小鞠は指先をモジモジとこねくり回す。焼塩のやつ、意外と面倒見が良いんだな。そういうことなら放っておいてもいいだろう。

「で、でも……あ、朝6時から走るのは、キツイ」

それは嫌だ。

「まあ、早起きは身体（からだ）にいいぜ。あれだ、なんかの調査結果でそう言ってた」

「……お、お前、適当に言ってる、だろ」

「よく分かったな」

俺はさっさと終わらせようと、マ行の棚からチェックを再開する。

しばらく作業を続けていると、思い出したように小鞠が口を開く。

「や、焼塩って……きょ、兄弟とか、いるのか？」

なんだ藪（やぶ）から棒に。

「聞いたことないな。妹がいるとか、前に言ってた気がするけど」

「じゃ、じゃあ最近……ま、街中で焼塩が、だ、誰かと一緒のとこ、見かけたり……」

俺は首を横に振る。こいつ、何が聞きたいんだろう。

「どうした。あいつに何かあったのか？」

「え、いや、な、なんでもない……」

なんか歯切れが悪いが、あんまり無理に聞き出すのもなんだしな。第一面倒だし。

俺は痛む腰を伸ばしながら、作業を続けた。

◇

それから2時間後。作業を終えた俺は、小鞠と別れて部室に向かっていた。

想像以上に疲れたので、まっすぐ帰る予定を変更。一休みすることにしたのだ。

西校舎に繋がる渡り廊下を歩いていると、後ろから誰かが肩を叩いてくる。

「温水、今日は部活か？」

声をかけてきたのは綾野光希。

俺の中学時代の塾仲間で、焼塩の想い人だ。眼鏡をかけた背の高いイケメンで、成績優秀。

塾仲間で同級生の朝雲千早と付き合っている。

そして、なぜか俺を見かけると話しかけてくる不思議なやつである。

「図書室に用事があって。そういう綾野はなんでこんな時間に？」

時刻はそろそろ16時。夏休みの学校に来るには少し遅い時間だ。

「まあちょっとな。そういや文芸部の部室は誰かいるのか。借りてた本を返したくてさ」

「今から寄るから、良ければ預かるけど」

「悪いな、頼まれてくれるか」

本を差し出した綾野の手首には、細かい細工の施されたブレスレット。なんかこいつのイメージにないな。

「これ、やっぱ目立つか？」

「え？　そりゃそうだけど」

興味はないが、話を聞いて欲しそうだし素直に頷く。これも人付き合いというやつだ。

「千早にプレゼントされて、肌身離さず付けてくれって言われてさ。まいるよな。これをプレゼントされた時もサプライズっていうか、そんな感じで……」

「はあ」

言葉と裏腹、デレデレ顔の綾野。なるほど、これが自虐風ノロケとかいうやつか。俺の周り、振られるやつばかりだから却って新鮮だな。

そんなことを考えながら、俺は適当に相槌を打ってノロケ話を聞き続けた。

◇

綾野と別れて部室の前に行くと、扉が少し開いている。

小鞠が部室に来てるのか、誰かの閉め忘れか。俺は扉を開ける。

「やあ、ぬっくんじゃん」

「!」

俺は勢いよく扉を閉める。

部室の中にいたのは焼塩檸檬。詳しく言えば『着替え中の』焼塩だ。

「着替える時は扉をちゃんとだなっ!」

「ちょっと、いきなりどうしたのさ」

慌てる俺に構わず、焼塩が部室から出てくる。

制服のブラウスのボタンをプチプチ留めながら。

「なんでお前、いつも平気で人前で脱ぐんだ?!」

「ちゃんと中に着てるって。大体、練習中より露出は少ないんだし」

言いかけた焼塩が不思議そうに首を傾げる。

「……いつも?」

そういや先月の体育倉庫での一件、こいつは覚えてないんだっけ。

「なんでもないって。ほら、廊下で着替えるな」

「え、ちょっとちょっと」

焼塩を部室に押し込むと中から扉を閉める。よし、何とかごまかせた。

「ぬっくん、意識しすぎだって。これ、そこのバッグにツッコんどいて」

ポンと丸めたタオルを投げてくる。

俺はそれを受け止めると、タオルに混じった練習着から目を逸らして焼塩のスポーツバッグに押し込む。

あれ。なんで俺、一緒に部室に入ったんだ。冷静に考えるとヤバくないか……？

椅子に座り、ソワソワしながら横目で様子をうかがうと、焼塩は気にした風もなく着替えを続けている。

ブラウスはちゃんと着たようだ。俺はホッと胸を撫で下ろす。

あのリボン、ああやって付けるのか……。

「それで焼塩、なんでここで着替えてるんだ」

「陸上部の部室狭くてさ。一年生は後回しになるから、急いでる時にはここ使うんだ」

焼塩は手鏡を見ながら、リボンの角度を慎重に整える。

「それより、ぬっくんこそどうしたの。夏休みじゃん」

「図書室に手伝いに来てたんだ。これ、忘れてるぞ」

焼塩のトレードマーク、レモンの形の髪飾りが机の上に置きっぱなしだ。

「あれ、鞄に入れてたと思ったけど。なんで机にあるんだろ」

不思議そうな顔で髪飾りを手に取る焼塩。

「部活の時は外してるんだな」

「いつもは付けてるんだけどさ。昨日、きれいに磨いたばかりだから汚れちゃ嫌だなって」

意外と細かいな。中身はこんなんでもスクールカーストトップの美少女だ。見た目には一応気を遣っているのだろう。

「昨日、玉木（たまき）部長から連絡あったよ。部誌作るんだよね」

髪飾りの角度を直しながら、焼塩。

「ああ、夏休みの活動の一環だってさ。俺は前に書いた小説を直して載せるけど、焼塩はどうするんだ」

「あたしはどうしよっかな。絵日記もいいし、何か書いてみてもいいなー」

手鏡で念入りに前髪のチェックをすると、「よし」と呟（つぶや）いて拳を握る。なんかやけに気合入ってるな。

ピロンと間の抜けた電子音が響く。スマホを取り出した焼塩が、画面を見るなり顔をほころばせる。

「どうかしたか?」

「ううん、なんでもない。それじゃ、あたし行くねー」

「おい、靴下落ちてるぞ」

「大丈夫、気にしないでー」

足取り軽く、笑顔で部室を出ていく焼塩。

「気にするって……」

ハンカチ越しに靴下をつまむと、置きっぱなしの焼塩の鞄に入れる。

やれやれ、これでようやく落ち着いてゆっくりできる。

読みかけの文庫本を取り出して読み始めたが、なんとなく目が滑る。

俺は本を閉じて天井をぼんやり眺める。

人気のない夏休みの学校――かつて仲の良かった男子と女子――。

んー……まさかな。

俺は首を振って嫌な考えを打ち消すと、もう一度本を開いた。

◇

翌朝。俺が寝ぼけ眼でリビングの扉を開けると、待ってましたとばかりに明るい声がかけられる。

「お兄様、おはようございます。朝ごはんが出来てますよ」

エプロン姿の佳樹が笑顔で椅子を引いてくれる。

「おはよう、佳樹。父さんと母さんはもう仕事に行ったのか？」

「もう９時ですよ。とっくに出かけました」

もうそんな時間か。昨夜は部誌に載せる小説の直しをしていたら、すっかり夜更かししてしまった。

佳樹はクスリと笑うと、大きなパンケーキの乗った皿を前に置く。

「お兄様、今日はフワフワのパンケーキに挑戦してみました。うまくできてたらいいんですけど」

言いながら甘い香りのするトッピングをかける。

「パンケーキには試しに米粉を混ぜてみました。それと白桃のコンポートを作ったので、たっぷりとかけちゃいます」

佳樹はコンポートが付いた指に気付くと、少し迷ってからパクリとくわえる。

「お兄様、甘酸っぱくて美味しいですよ。レモネードも作りました。さあ召し上がれ」

目の前のパンケーキは粉砂糖の飾りにミントの葉まで添えられて、まるでカフェのような出来栄えだ。

「ありがと。それじゃ、いただきます」

ナイフとフォークを手に取るが、隣の席に手つかずのパンケーキがもう一皿あるのに気付く。

「佳樹、お前はまだ食べてないのか？」

「そうでした。佳樹、ご飯作るのに一生懸命で自分の分を忘れてました」

佳樹は照れくさそうに笑うと、自分の頭をコツンと叩く。これだけ用意しておいて、自分が食べるのを忘れるとは可愛いやつだ。

皿を向かいの席に移そうとしたが、それより早く佳樹が隣の席に腰掛けて来る。

「それじゃあお兄様、頂きます」

「ああ、頂きます」

和やかな朝食が始まった。フワフワのパンケーキにナイフを入れていると、横から佳樹が小さな眉を傾けながら俺の顔を覗き込んでくる。

「昨日も学校に行ってましたよね。最近、お忙しいのですか？」

「ちょっと部活の関係で用事があってさ。忙しい……のかな」

今までが暇すぎたので、どうにも比較ができない。

「でも素敵ですね。最近できたお友達って、先日いらした八奈見さんのことですよね？」

「ん、まあ」

俺は曖昧に答えると、パンケーキを口に運ぶ。

友達ができたことは佳樹にも言っていたが、相手がどんなやつかまでは教えてなかったのだ。

照れくさいのと、なんだか面倒なことになりそうな気がしたし。

「今度、改めて招待なさってはいかがですか？　面接もしないといけませんし」

面接はしなくていい。俺はレモネードを一口すする。

「友達と言ってもそんな大袈裟なもんじゃないって。二人で出かけるような仲でもないし」

「最初はそんなものですよ。それに」

佳樹はキラキラした瞳で俺の顔をのぞき込む。

「近くで見ると、とても綺麗な方でした！　是非、温水家の秘伝の味を覚えて頂かないと！　まずは味噌汁から初めて、和洋中の基本を一通り――」

佳樹の言葉が止まらなくなってきた。さあ、そろそろ佳樹のブレーキを踏む時間だ。

「落ち着きなさい。確かに女友達だけど、別にそんな仲じゃないぞ？」

「あら、お兄様の人となりを知れば、好意を持たない方なんていません。友達でもその先を考えておくべきです！」

佳樹はハッと何かに気付いたように、俺ににじり寄ってくる。

「ひょっとして、文芸部の他の方が気になっているのですか？　日焼けした方も素敵ですし、小柄な方も最初驚きましたけど、よくよく考えれば佳樹とお洋服の貸し借りができますからきっと仲良くなれると思うんです。だからだから！」

興奮してまくしたてる佳樹に向かって、俺は両手を広げて待ったをかける。

「よーし、佳樹。6つ数えて落ち着こう。はい、1，2，3……」

「4，5，6……」

佳樹（かじゅ）は数え終わると、胸に手を当てて深呼吸。

ようやく落ち着いた佳樹の頭を、よくできましたと撫（な）でてやる。

「にゃー」

俺の手にグリグリと頭を擦り付けてくる佳樹をあしらいながら、空いた手で食事を続ける。

モチャモチャと甘いパンケーキを咀嚼（そしゃく）していると、机に置いたスマホの画面に通知が表示される。

何気なく見ると、思いがけない名前がそこに。

Yana-Chan『起きてる？　暇なら今日お茶でもしない？』

……なんでYana-Chanこと八奈見（やなみ）がお茶を？

唐突なお誘いに固まっていると、佳樹が俺の腕をすり抜けて膝の上に乗ってくる。

「お兄様、これって八奈見さんですか？　お茶のお誘いですよ！」

「えーと、そうかもしんない」

「素敵ですね。女の方と二人でお茶とか」

佳樹が満面の笑みを向けてくる。

「まるでデートみたいです」

「俺と彼女はそんなんじゃないから。多分、ちょっとした相談事だって」

この状況、どう返答するのが正解か。俺は大きく深呼吸。

朝っぱらから突然のお茶の誘い。たしか八奈見、昨日は同窓会だったよな……。

第六感が危険を囁(ささや)いている。

俺は佳樹の凝視の中、『今日は忙しい』と短く断りの返事を入れる。

「お兄様、いいんですか？」

「いいんだって。多分俺じゃなくてもいいんだし」

画面に表示された『八奈見』の文字と、流れ出す着信音。

うわ、せっかく断ったのに、なにこの面倒くささ。

俺がためらっていると、佳樹が笑顔でスマホを握らせてくる。

「どうぞ出てください、お兄様。友達をお待たせしてはいけませんよ」

……分かったから膝から降りなさい。

◇

その日の午後、約束の15時になった。

待ち合わせ場所に指定されたのは、市役所近くの喫茶店。

先に店に入って八奈見(やなみ)を待ちながら、何とはなしに店内を見回す。

ここはレトロな雰囲気の落ち着いた感じの店だ。ネットの評判によるとパンケーキならぬホットケーキが美味(おい)しいらしい。

自宅からも近いけど、来たことはなかったな……。

「アイスコーヒーお待たせしました」

「あ、どうも」

店員さんからアイスコーヒーを受け取りつつ、テーブルの向かい側に置かれた水のグラスを落ち着かなく眺める。

夏休みに女子と二人で喫茶店。

佳樹(かじゅ)にはああ言ったが、これはやっぱりデートというやつではなかろうか。

今まで読んできたラノベや漫画によれば、付き合ってなくてもデートは成立するという。

ということは俺は八奈見にデートに誘われたということか?

ソワソワとコーヒーに付いてきたミルクとシロップをいじっていると、カランとドアベルの音が響く。

はっと顔を上げると、八奈見が店に入ってきた。

紺色のブラウスに、膝上の薄灰色のプリーツスカート。

私服姿は合宿でも見ているが、今日の八奈見はお出かけモードというべきか。女の子然とした雰囲気に思わず背筋が伸びる。

この格好、やはり今日はデートなのか……？

八奈見は俺の姿を見つけると、真っすぐテーブルに向かってくる。

「えーと、どうしたの八奈見さん。急にお茶しようだなんて」

俺は緊張を悟られぬよう、精一杯の笑顔を作る。

「…………」

八奈見は無言で椅子に座ると水を一気に飲み干し、割れんばかりの勢いでグラスをテーブルに叩き付けた。

そして低い声でぼそりと呟く。

「……世界なんて滅べばいい」

なにがあった。いやまあ、大体想像できるが。

「昨日の同窓会でなんかあったのか？」

同窓会、の単語に反応して八奈見の肩がピクリと震える。

「……分かっていたの。こうなることは分かってはいたんだけど、実際に目の前にするとさ。それって理屈じゃないでしょ？」

よし、これはデートじゃない。

俺は半ばホッとしながら、背もたれに身体(からだ)を預ける。

「えーと、目の前でイチャイチャされたとか」

「そんなのは1か月前に通った道よ？　今の私は目の前で愛してるゲームされても動じないくらいの鋼の心を持ってるの」

八奈見(やなみ)は片肘(かたひじ)をつくと、気だるげにメニューに目を落とす。

「それにね、今の二人は特に人前でイチャついたりしないの」

「ならいいじゃん」

「そういうことじゃないの。ご飯食べてゴミをさっと片づけたり、さり気なく荷物を持ってあげたりとか、そういう何気ない阿吽(あうん)の呼吸と言うかさ」

八奈見は小さく首を振りながら言葉を続ける。

「ふと目が合った瞬間なんとなく視線で語ったり、ポイントカード共有してたり、スマホの着信音が一緒だったり、身に着けてる物の一つだけ色を合わせてたり、最後は何を言うでもなく二人一緒に帰ったり――」

八奈見は俺の水を奪い取って一気に飲み干す。再び響くグラスを叩きつける音。

「もうあれよ?!　完全にちょっとシットリ期に突入した新婚カップルよ！　たった1か月でどこまで行っちゃうの?!」

どこまでって、いくとこまでいったんじゃなかろうか。

ゼイゼイと荒い息をつく八奈見を横目に、俺は店員さんに水のお代わりを頼む。

「あ、こっちはグラスも替えてください」

「……え？　私が口を付けたのそれほど嫌なの？」

だって俺、回し飲みとか苦手だし。

「それで八奈見さん注文は？」

「スルーされた……？　えっと、じゃあクリームソーダを」

「あれ、ホットケーキは頼まないんだ」

てっきりホットケーキ食べたさにこの店を指定されたと思ってた。

八奈見は黙って店員さんの背中を見送ると、重々しく話し出す。

「温水君、落ち着いてよく聞いて。素麺は炭水化物……つまり糖質だったの」

うん、知ってた。

「あいつら冷たくてツルツルしてるから騙された……見た目も細いし、なんか食べても大丈夫そうな雰囲気じゃない？　それで太るとか、なんか損した気分って言うか」

「えーと、つまり素麺の食べ過ぎで太っ」

「太ってないですけど!?」

食い気味に答える八奈見。

「でもクリームソーダって糖質の塊じゃ」

「飲み物はノーカンだし、アイスは食べても太らないという説があってね」

八奈見の謎理論を聞かされていると、店員さんがクリームソーダを運んでくる。

運ばれてきたクリームソーダは、オーソドックスな緑色のソーダ水。バニラアイスが乗っている。八奈見はすかさずスマホを向けた。

「写真撮るんだ」

「インスタに載せるの。うん、いい感じ」

インスタ……たしか写真を載せるSNSだよな。

映えを求めるが故に食べ切れない食べ物を捨てるとか、一時期話題になった気がする。八奈見にその心配はないな。

スマホをポチポチ叩いていた八奈見は、俺に向かって画面を差し出してくる。

「ほら、良く撮れてるでしょ？　温水君もいいね押してよ」

「俺、インスタやってないし。……これ、隅っこに俺の手が写ってない？」

そう。カラフルなクリームソーダの写真に、見切れた俺の手が写っているのだ。折角の映え画像にとんだノイズが紛れ込んだものである。

「あーホントだね。温水君って指細くない？　ご飯食べてる？」

「食べてるし。撮り直した方がよくない？」

「だってもうアップしちゃったし」

アイスを食べながらスマホをいじっていた八奈見が何か思いついたのか、目をキラリと輝かせる。

「……匂わせだ」

「えっ、なにそれ」

八奈見はドヤ顔で足を組むと、髪をバサリとかき上げる。忙しいやつだな。

「温水君、私だって匂わせたいの」

「つまりどういうこと？」

「インスタのそこかしこに、異性と一緒にいるのを匂わすような情報をバラまくの。大っぴらには言えないけど彼氏アピールしたり、周りを牽制したりとか」

「たまに芸能人が炎上するやつか」

ちなみに俺がハマった女性声優には、なぜかみんな年の近い弟がいる。

「……いや待て、八奈見さん一般人だろ」

「見て、さっきの投稿に友達がメッチャ反応してるの。誰と来てるの？　とか、彼氏できたの？　とか」

八奈見がスマホを見せてくる。

「知り合いみんな反応してるなー。さっきの写真、やっぱインパクトあったね」

「一つ疑問なんだけど。それに何の意味が？」

八奈見は目を細めると、俺をジトリと見つめる。

「それ聞きたい？　私の口から？　ホントに？」

「……ごめん」

「素直でよろしい。あ、香澄ちゃん久しぶりだ」

八奈見はしばらくニマニマとスマホを眺めていたが、ふと真面目な顔になる。

「どうした？」

「……正直、同窓会直後から、中学時代の男子の知り合いからメッチャ連絡来てるの」

「はあ」

「ホントに来てるの。自分のモテっぷりが怖い……」

「はあ、それはそれは」

そう言う他ない。俺は氷が無くなったアイスコーヒーを啜る。

八奈見はソーダに溶けかけたアイスを矢継ぎ早にスプーンですくいながら、チラチラと視線を送ってくる。これは……『モテっぷり』について聞いて欲しいのか。

「えーと、じゃあ彼氏とか作る感じ？」

仕方なく尋ねた俺に、八奈見は得意げな表情で長いスプーンをくるりと回す。

「んー、当分彼氏とかいいかな。そんな気分じゃないし」

「はあ」

「女友達も気遣って男子を紹介してこようとするし、男子も揃いも揃って私をご飯に誘ってくるし。……ん？」

「どうかした？」

「私を誘ってくる男子たち、なんか共通点があるっていうか。うわ、田中までいる」

眉をしかめてスマホの画面を送っていた八奈見は、ハッとした表情を俺に向けてくる。

「ひょっとして温水君、あたしってチョロそうと思われてる?!　こいつ男に振られたばかりだから狙い目じゃね？　取り合えず粉かけとこ、みたいな！」

「んーまあ……そういう見方もできるかも」

気付いたか。モテ期が来たと喜んでたら良かったのに。

俺は悲しい気持ちで、アイスコーヒーにシロップを足す。

「でもほら、本当に八奈見さんを好きな男子も一人くらいいるかもしれないじゃん」

「……結構失礼なこと言ってるの気付いてる？　それにさ、男子と関わるのはしばらくいいかなって」

なるほど。ちなみに俺はどういうカテゴリーに入っているのか。

クリームソーダのアイスを食べ切った八奈見は、悲しそうにスプーンでソーダの表面をかき混ぜる。

「アイスなくなった……」

「そうか、残念だな」

　適当に言って何とはなしに外を眺めていると、ツワブキ高の女生徒が一人、跳ねるような足取りで歩いている。

　特徴的な4連リボンとレモンの飾りを付けた短い髪、スラリと伸びた手足はこんがりと焼けていて……。

「あれ、焼塩(やきしお)だ」

「檸檬(れもん)ちゃん？」

　チビチビとスプーンでソーダを飲んでいた八奈見(やなみ)が俺の視線を追う。

「あいつ、今日も制服だな」

「！　温水(ぬくみず)君、頭下げて！　早く！」

　と、いきなり俺の頭を掴(つか)むと、テーブルに押し付ける。

「痛っ！　えっ、なに?!」

「頭上げないで！　見付かっちゃう！」

「別に焼塩相手に見られたって」

　俺は言いかけた言葉を飲み込む。

　あいつは一人ではなかった。隣を歩くのは焼塩の想い人、綾野光希(あやのみつき)。

　焼塩は弾むような足取りで綾野と並んで歩いている。その表情は完全に恋する乙女のそれだ。

「なんであの二人が……」

綾野に彼女が出来て完全に吹っ切ったんじゃなかったのか……？

八奈見はソーダのグラスに顔を隠しながら、外を通り過ぎる二人の後ろ姿を見つめている。

二人の姿が見えなくなると、八奈見は伏せた顔をゆっくりと上げる。

「……温水君、これってマズくないかな？　彼女がいる男子と休日に二人で歩くとか。浮気じゃないかな？」

「でもほら、あいつらは昔から友達だし。例えば八奈見さんと袴田が二人で出かけたとしても、別に浮気じゃないだろ？」

「浮気だよ？」

「……本人が言うならそうだな」

浮気なら仕方ない。二人の道ならぬ恋を遠巻きに見守る他ないだろう。

八奈見はグラスを豪快に傾けて残りを一気に飲み干すと、ハンカチで口を拭いながら空になったグラスを置く。

「さ、温水君行くよ！　早く飲んで！」

「え？　行くってどこに」

「だから、あの二人の後を追わないと！」

言うなり八奈見は立ち上がる。野次馬根性というやつか、目がランランと輝いている。

「いや俺、行かないぞ。興味ないし」

「え？」

俺はアイスコーヒーにミルクを入れる。あえて後半にミルクを入れることで、終盤をカフェオレ風に楽しむのだ。

コーヒーを楽しむ俺をジト目で見下ろしながら、八奈見は伝票を指でトントン叩く。

「じゃあ私、払わずに行くけど」

「……マジか」

八奈見に逆らうと怖い……のではなく、面倒くさいのだ。

俺はコーヒーの残りを飲み干すと、溜息をつきながら立ち上がった。

◇

喫茶店から出た俺と八奈見は通りを見渡す。そこに焼塩と綾野の姿はない。

「二人はもう行ったみたいだな」

俺は確認するようにそう言うと、八奈見に軽く手を上げる。

「それじゃ今日はここで解散だな。お疲れ様」

「ちょっと待ってよ！　諦めるの早すぎない?!」

歩き出そうとする俺の腕を八奈見がつかむ。

「そうは言うけど見失ったんだから仕方ないだろ。そもそも素人が尾行なんて無理だ。単なる不審者になって、すぐにバレ……」

言葉が思わず舌の上で消える。

俺たちが出てきた喫茶店。その建物の陰から顔を出しているのだ。不審者が。

その人物は長い髪を真ん中で分けた小柄な女の子。マスクと黒いサングラスをつけていて、胸元には4連リボン。ツワブキ高の生徒だ。

辺りをきょろきょろ見回しながら、喫茶店の前に出てくる。

そして不意に立ち止まると、チョコか何かを取り出して、マスクの隙間からコリコリと食べ始めた。

あれ、なんかあの子、見覚えがあるような……？

俺の視線を追った八奈見が呟く。

「おぉ……あれは不審者だね」

「ああ、不審者だな」

見守る俺たちの前で、女の子は古い携帯電話のようなアンテナ付きの機械を取り出すと、両手で頭の上に掲げる。

「ねえ温水君。あの子、知り合い？」

「だとしても知らないフリするよ。見ると絡まれるから早く行こう」

「でもあの子、温水君の方をじっと見てるよ」

「……え」

恐る恐る顔を向けると、たしかに女の子は俺を凝視している。

固まる俺に向かって、トトトッと走り寄ってきた。

「こんにちは、温水さん。私のこと覚えてますか？」

言って指先でサングラスとマスクを下にずらす。クリッと丸い大きな瞳が俺を見上げる。

「あ、えーと、たしか君は」

……残念ながら知っている。

不審者の正体は朝雲千早。綾野光希の彼女である。

背が低いながらも小顔で均整の取れた肢体。頭身の高さと背筋の伸びた立ち姿はバレリーナを彷彿とさせる。

「朝雲さんだよね。塾で何度か会ったくらいで、ちゃんと話したことはなかったと思うけど……」

「はい、私も話した覚えはありません。改めまして、よろしくお願いします」

朝雲さんはマスクとサングラスを付け直すと、ぺこりと頭を下げる。真ん中分けの前髪の間、オデコが陽を反射してキラリと輝く。

「はあ。あの、よろしく」

「では早速本題に。この辺りで光希さんと焼塩さんを見ませんでしたか?」

八奈見が横から口を挟んでくる。

「あ、二人なら」

言いかけた八奈見に目配せすると、俺は白々しく首を横に振る。

「さ、さあ……よく分からないな」

「そうですか。この近くだと思ったんですけど、どうも感度が悪くて。次はもう少し考えないとです」

朝雲さんは背伸びして、アンテナのついた機械を高く掲げる。八奈見が興味深げにそれを見上げる。

「じゃあ俺たちこの辺で。八奈見さん、行こうか」

「ねえ、朝雲さんだっけ。感度って、その機械でなにか計ってるの?」

「ちょっ、八奈見さん!」

「だって気になるでしょ?」

プチもめを始めた俺たちを、じっと見つめる朝雲さん。

「……お二人、やっぱり光希さんたちを見たんですよね?」

答えを待たず、彼女は懐から手の平サイズの黒い棒を取り出した。

その先端では、赤いランプが点滅している。

「え、なにそれ」

「とても役に立つ機械です。ほら、赤いランプが点いてますよね？」

ほら、とか言われても。そして赤いランプが点いてるからどうだというのだ。

俺の戸惑いを置いてきぼりにして、朝雲さんは笑顔でコクリと首をかしげる。

「お二人とも、少し場所を変えてお話をしませんか？」

◇

場所を変えようと言われて確かに俺はＯＫした。したけれど。

「だからってなんで俺の部屋なんだ？　ほら、どこか喫茶店入るとかさ」

俺の抗議もどこ吹く風。改めて自己紹介を終えた八奈見は部屋の中を歩き回っている。

「喫茶店、さっき入ったばっかだし。温水君、このポスター布で出来てるんだね」

「いけませんよ八奈見さん。男子の部屋ではそういったものは見て見ぬふりをするのがマナーです」

余計なフォローを入れてきたのは朝雲さん。

座布団の上に姿勢良く座りながら、手帳に何か書き込んでいる。

八奈見(やなみ)は俺の宝物、魔装戦姫(まそうせんき)シノノメのB2タペストリーを指先でつつく。

「ふうん、これってそんな見られちゃ駄目(だめ)な物なの？」

「見るのは構わないけどさ。別にいかがわしい物じゃないし」

「八奈見さん、それ以上はいけません」

俺の言葉を遮り、朝雲(あさぐも)さんがきっぱりと言い切る。

「オタクな方は非オタクに興味本位で趣味をいじられるのを非常に嫌います。しかもクラスの女子に下着姿の美少女タペストリーを見られるとか、私なら耐えられません」

「いや、これは下着じゃなくて戦闘服だから……」

よし、この話はおしまいだ。

そんな俺の思いを知ってか知らずか、八奈見は無邪気に会話を続ける。

「へーえ、戦闘服なのになんでこんなに露出してるの？」

「え？　それは……素肌からマナを放出することによって……その……シグマドライブを……活性化させて……」

「そうなんだ。じゃあなんでこの子たち、ベッドの上で抱き合ってるの？」

……いっそ俺を殺してくれ。

目を閉じて天を仰いでいると、静かに扉が開く音がする。

「五人の覚醒者が揃(そろ)うことでシグマドライブが共鳴し、伝説の武器パシュパラストラの封印が解かれるのです。ですから、タペストリーで戦闘服の少女たちが絡み合っているのにもちゃんとわけがあるのです」

「……佳樹」

地味にネタバレをしながら登場したのは我が妹だ。俺まだそこまで読んでないのに。

「お兄様、飲み物をお持ちしました」

「ありがと、テーブルに置いといて」

「はい。みなさんいらっしゃいませ」

佳樹はニコリとほほ笑むと、テーブルの上にアイスティーを並べる。

飲み物と聞いて座った八奈見に、ぺこりと頭を下げる。

「八奈見さん。先日はお構いも出来ませんで、すいませんでした」

「ううん、気にしないで……」

八奈見がなんかガッカリしているのは、お茶菓子がなかったからだろう。

佳樹に向かって朝雲さんが頭を下げる。

「突然お邪魔してごめんなさい。用事が終わればすぐに帰りますから」

「遠慮なさらず、ごゆっくり。あの、差し支えなければお名前を」

「はい、朝雲といいます。和彦さんとは同じ学校で」

「……和彦さん？」

佳樹の笑顔が固まる。

「お前、顔色悪いぞ。大丈夫か」

「いえ、あの。お兄様、この方とはどのような関係で……？」

「関係もなにもただの同級生だ。朝雲さん、彼氏いるし」

佳樹は真顔で俺を見つめる。

「……横恋慕？」

なんか失礼なことを言い出した。

「そんな言葉を口にするんじゃありません。お兄ちゃんたちはこれから大人の話をするから、お前は戻ってなさい」

「はい……お兄様」

妙に素直に部屋を出て行く佳樹。

朝雲さんが不思議そうに丸い目をしばたかせる。

「妹さんがいらっしゃったから、呼び分けた方が良いと思いまして。まずかったですか？」

うん、わりと。これは後でフォローが必要だな……。

「よく温水君の下の名前知ってたよね。私、知らなかったのに」

八奈見が感心した顔でアイスティーをすする。こいつ、俺の名前知らなかったのか。

「私、一目見た文字は大体覚えてしまうので。本棚のラインナップも一通り頭に入りました」

「それはすぐに忘れてくれ。さあ、俺たちに話があるんだろ？」

「はい、そうですね」

朝雲さんは改まって背筋を伸ばすと、落ち着いた声で話し出す。

「今日はお二人ともお時間を頂きありがとうございます。早速ですが、私があそこで何をしていたか説明したいと思います」

不審者っぽくうろつく……のが目的じゃないよな。

俺は落ち着こうとストローに口をつける。

「隠し事はなしで行きましょう。私は光希さんの浮気を疑っています。だからその現場をつかもうと、探し回っていました」

相手は……言うまでもない。浮気という単語と焼塩のイメージの差に、思わず言葉が詰まる。

無言の俺に代わって、八奈見が口を開く。

「浮気って、なにか思い当たることでもあるの？　仮に二人で会っていても」

八奈見がちらりと俺を見る。

「檸檬ちゃんに限っては、浮気になんないって話もあるんだけど」

「彼女に黙って会っていても、ですか？」

「あー……それはねー」

八奈見が手の平を向けてくる。俺はそれに軽くタッチをする。次は俺の番らしい。

「俺には男女交際のこととか分かんないけど。不安にさせないように、あえて言わなかったりとかあるんじゃないのか？」

「そうだね、そういうのってあるよね」

うんうんと相槌を打つ八奈見。

こいつも男女交際については分かんないんじゃないかな……多分……。

「確かにそうかもしれません。私は光希さんを信じていますし、あの人から聞いていた焼塩さんも、そんな人ではないと思います」

「そうか、分かってくれたならよかった。じゃあ話もこれで終わりで」

「だからこそ、あの二人が私に隠れて会っている現場を見て、事実を確認したいと思うんです」

終わってなかった。

「そうは言うけどさ。二人が会ってる場面なんて、そうそう出くわすもんじゃないだろ」

今日見かけたのも単なる偶然だ。生活圏内が近ければ不思議じゃないが、狙って会うのは難しい。

「今日でデータは出揃いました。次はあの二人の密会現場を押さえられます」

「データって？　そんなのがあるの？」

八奈見が不思議そうに尋ねる。

「はい。地道な調査結果の積み上げと解析。要はそれだけです」

彼女はおもむろにポケットから小袋を取り出すと、両手でつまんで中身をコリコリと齧(かじ)り始める。ブラックサンダーだ。八奈見の目がきらりと光る。

「八奈見さんもお召し上がりになります？」

「いいの？」

身を乗り出して受け取ると、八奈見は俺に真剣な顔で頷(うなず)いて見せる。

「温水(ぬくみず)君、この子は信用できるよ」

チョロいなこいつ。

「朝雲(あさぐも)さん、お腹空いてるんなら何か持ってこようか？」

「お気になさらず、単なる糖分補給です。脳を活性化させるには糖分が必要ですから」

朝雲さんは二つ目のブラックサンダーを取り出す。

「ブドウ糖錠剤が効率的なのですが、私も一人の女子です。甘味の誘惑には抗し切れません」

「はあ、甘いもの好きなんだ」

俺の何気ない相槌に、彼女は不本意そうな顔をする。

「糖分の摂取により生じる神経伝達物質が、脳の報酬系を刺激するのは論理的帰結です。私を卑しい女子とは思わないでください」

「だよねー。分かる、分かるよ朝雲さん」

八奈見がガラス玉のような澄んだ瞳で同意する。こいつ絶対分かってない。

「分かってくれますか。うずらサブレもあるのでどうぞ」

「やった！　ありがと！」

卑しい系女子がサブレを受け取るのを横目に、俺は話を切り出す。

「とにかくさ。俺は焼塩を探るのは反対だな。あいつは同じ部活の仲間でもあるし、協力してくれという話なら受けられないよ」

きっぱりと告げると、朝雲さんは残念そうに顔を伏せる。

「……たしかに。温水さんたちには二人を探る動機も利益もありませんものね。野次馬でもあるまいし」

「だね、野次馬じゃあるまいし」

俺の言葉に、うずらサブレをかじる八奈見がジロリと視線を向けてくる。

「私は彼女を責めるために行動しているのではありません。私と光希さんの間に何が起こっているのか。光希さんにとってあの人がどんな存在か。それを見極めて、最善の選択肢を選ぼうとしているだけです」

「最善の選択？」

俺が聞き返すと、朝雲さんは仰々しく頷いてみせる。

「はい。ご存じの通り、あの二人は昔からの仲です。焼塩さんが『友達として』光希さんと会っているのは分かっています。そして彼女が……光希さんのことを好きなのも」

　俺は思わず息を呑む。

　焼塩が綾野のことを好き。分かり切ったことではあるが、人の口から聞かされると思わず緊張感が走る。

「私は光希さんのことが好きです。だからあの人には幸せになって欲しいんです。たとえそれが私の横でなくても」

　八奈見が訝し気に眉をしかめる。

「待って、朝雲さん。それって場合によっては、檸檬ちゃんに彼氏を譲ってもいいということ……？」

「前々から思っていたんです。本当はあの二人が付き合うべきだったんじゃないかって。私が横から現れて、光希さんを奪ってしまったんじゃないかって」

　口元に自嘲気味な笑みが浮かぶ。

「いえ……最初から分かっていました。私、あの二人の仲に割り込んでるって」

　言葉を失う俺と八奈見の前で、朝雲さんはパッと明るい笑顔に戻る。

「だから光希さんの本当の気持ちを見極めて、彼の本当の気持ちが焼塩さんにあるのなら」

　言葉を切って、背筋を伸ばす。

「――身を引く覚悟です」

　黙り込む俺と八奈見。

朝雲さんはアイスティーを一口含んでから、冷静な口調で話を続ける。

「当事者の私はどうしても、認知した情報にバイアスがかかってしまいます。そこでお二人に第三者の視点を期待していました」

彼女の言いたいことは分かる。だけど。

「悪いけど、君だけでやってくれるかな。部活仲間を疑うようなことはしたくない」

今度は朝雲さんが黙り込む。

またも一つお菓子を取り出す。時間をかけて食べきると、彼女は気にしないでとばかりに微笑む。

「私たち三人の問題ですものね。巻き込もうとしてすいませんでした」

「いや……力になれなくてごめん」

断りながらも胸に残るモヤモヤ感。その正体を探っても上手く考えがまとまらない。

うずらサブレを食べ終わった八奈見は、指先をぺろりと舐めると静かな口調で話し出す。

「朝雲さん。私、協力してあげてもいいかな」

「八奈見さん！」

驚く俺の視線を、柔らかな笑顔で受け止める八奈見。

「温水君、安心して。今度は野次馬じゃないから」

八奈見は改まった表情で朝雲さんに向き直る。

「でも朝雲さん。勘違いしないでね。私、檸檬ちゃんの友達だから彼女の味方だよ？」

「分かりました。感謝します」

連絡先を交換する二人の姿を見ながら、俺はもう一度自分の気持ちを整理する。

……自分はただの部外者だ。

仮に焼塩が綾野と付き合いだしても素直に祝福するだろう。もちろん、このまま朝雲さんが綾野と上手くいくならそれでいい。

何も答えが出ないまま黙り込む俺を、八奈見の瞳が見つめる。

「温水君はどうする？」

めずらしく煽るでもなく、何気ない八奈見の口調。

自分の中の定まらない気持ちとは逆に、自然と口が動いた。

「俺も協力させてもらうよ」

「お二人ともありがとうございます」

言って深々と頭を下げる朝雲さん。

「だけど、あいつらが一緒にいる所をどうやって探すんだ。ずっと付け回すわけにも行かないし」

それにさっきの様子を見る限り、朝雲さんに尾行の才能はない。

「大丈夫です。先ほど、お二人が光希さんを見たのは喫茶店の前、私たちが会った直前でよろしかったですか？」

俺と八奈見は顔を見合わせてから、揃って頷く。

「その情報で私の考察に調整を加えます」

言いながら手帳を開いてページを繰り出す。

そして一通りページをめくると、パタンと閉じて顔を上げる。

「完全に理解しました。次はあの二人が会う現場を必ず押さえます」

Intermission　いざとなると違うんです

市立桃園中学2年3組。

登校日の教室は、級友との再会にはしゃぐ生徒たちの喧騒に包まれていた。

その中でただ一人、机に両肘をついて窓の外を眺める女子がいる。

「お兄様が……遠くに行ってしまう……」

小さく呟いているのは温水佳樹。

現れた背の高い女生徒がそれを見下ろす。

「ヌクちゃん、なんかあったの？」

「ゴンちゃん……」

佳樹はゆっくりと顔を向ける。

声を掛けてきたのは権藤アサミ。クラスで一番仲の良い友人だ。中学生にしては背が高く、大人びた雰囲気をしている。

「どした？　私に言ってみりん」

彼女は目元に心配そうな空気を漂わせる。

「前に、お兄様に友達ができたって言いましたよね……？」

「だね。ヌクちゃん、こないだは喜んでたら？」

「嬉しい気持ちに変わりはありません。でもその方は綺麗な女の方で」

身体から力が抜けたように、机にぺたりと突っ伏す。

「しかもお相手は一人だと思っていたら、二人……。この前なんて、佳樹に無断で自分の部屋に上げていて、なにやら修羅場っぽい雰囲気に」

「へえ、意外と隅に置けないじゃんね。ほいじゃあ、お兄さんってカッコ良かったりするの？」

佳樹はガバッと身体を起こす。

「もちろんです！　お兄様は世界で一番素敵――」

宝石のようにキラキラ輝く佳樹の瞳は、途端に疑惑の色に染まる。

「……駄目ですよ？　佳樹、ゴンちゃんをお姉さんと呼びたくないですもん」

「お姉さん？」

ゴンちゃんは思案深げに考え込む。

「ヌクちゃんが私の妹か。悪くないかも」

「ゴンちゃん!?」

「冗談だって。でも、お兄さんがモテればヌクちゃんも鼻が高いら？」

「でもでも、だってぇ……一度に二人ですよ？　面接もまだなのに」

「ちょっと前まで、素敵な彼女が出来たら嬉しいとか言ってたじゃんね」

「いざとなると違うのぉ……。お兄様が好きになった方とじっくり心を通わせるのを、見守っていこうと思ったのに。二人も部屋に連れ込んで変な雰囲気になるなんて……お兄様に女難の相が出てますぅ……」

パタパタパタ。再び机に突っ伏すと、足をぱたつかせる佳樹。

ゴンちゃんは佳樹の頭を優しく撫でる。

「よしよし、いざとなったらヌクちゃんは私がもらってあげるで」

「お兄様がいいよぉ……」

「さいですか。私、振られちゃった」

佳樹は机から顔を上げる。

「……でも、ゴンちゃんは佳樹の一番のお友達だよ?」

「ヌクちゃん、可愛いなー。やっぱ私のお嫁になりんよ」

「ならんもん……」

再び机に突っ伏した佳樹の頭を撫でるゴンちゃん。

温水佳樹、１４歳。

愛しのお兄様に友達が出来たのは嬉しいが、気持ちは簡単に割り切れるものではない。

そんなことを思いながら、されるがまま頭を撫でられ続けた。

~2敗目~　朝雲千早は惑わせる

朝雲千早に協力を約束してから二日後。

俺と八奈見は、彼女から急いで来て欲しいと連絡を受けた。


集合場所は豊橋駅ビルのカルミア。駅構内の北入口前。

俺は屋外デッキから、足早に構内に入る。

ざっと見回すが見知った顔はない。どうやら俺が最初のようだ。息を整えながらカルミアの入り口に立つ。

時刻は午後2時半を回ったところだ。買い物客と待ち合わせの人でごった返している。

俺は居心地悪く顔を伏せながら、自分に聞かせるように独りごちる。

「なんで協力するなんて言ったかな……」

俺は別に焼塩の秘密を暴きたいわけではない。

ただ何となく、焼塩を追い詰めるような状況に気持ちがモヤモヤしていたのだ。

だからこの問題に首を突っ込んだが、はたしてそれは正解だったのか。

そんな思いにふける俺の横に、いつの間にか誰かが立っている。

こっそり横目で見ると、セーラー服姿の女の子だ。

黒ブチ眼鏡をかけ、ゆるっとした２本の三つ編み。赤い箱に入ったタコヤキをモチャモチャと食っている。なんだこの情報量の多い女は。

「って、八奈見さん?!」

思わず声を上げた俺を八奈見が得意げに見上げてくる。

「ようやく気付いたようだね、温水君」

八奈見は眼鏡のフレームに指を入れて、クイッと曲げる。

「レンズ入ってないのか？」

「伊達だよ。かけてるとちょっと頭良さそうに見えるでしょ」

見えないけど、俺は頷いておく。

「なにから聞けばいいのか分かんないけど。どうしたんだその格好」

「尾行するんだから、変装に決まってるじゃない。中学の制服着てきたけど、まだいけるでしよ？」

「そりゃ、去年まで着てたんだから大丈夫――」

言いかけて俺は黙りこむ。サイズ的に、あんまり大丈夫じゃなさそうだぞ……？

「どしたの？　急に黙って」

不思議そうな顔でタコヤキを口に放り込む八奈見。

「いや、八奈見さんがいいならそれでいいんだ」

……さて、俺たちは揃ったが呼び出した本人の姿が見えない。八奈見が電話をかけたが出ないようだ。

「だけど意外だね。温水君って、こういうのメンドくさがると思った」

ＬＩＮＥを打ちながら、八奈見。

「こういうのって？」

「檸檬ちゃんの浮気調査のことだよ。私の頼みなら調査の協力、ＯＫしてた？」

しなかったかもしんない。旗色が悪いので、俺は反対に聞き返す。

「そういう八奈見さんこそ、なんで協力するんだ？」

八奈見はスマホから顔を上げる。

「……こないだ、檸檬ちゃんが綾野君と歩いてた時の顔見た？」

俺は黙ってうなずく。

綾野の隣を歩く焼塩。その顔には開きかけの蕾のような、堪え切れない焼塩の気持ちが確かに浮かんでいた。

俺ですら一目見て気付くのだ。いくら鈍感とはいえ、綾野もその気持ちに気付いているのではなかろうか。

もし気付いていて、それでも二人で歩いていたのなら。そして焼塩も気付かれていることを知っているのなら。

「諦めたはずの人の前で、あんな顔されちゃねー」

八奈見はそう言うと、焼塩みたいに白い歯を見せて笑う。

「いざって時にさ。檸檬ちゃんを守ってあげられるのも、叱ってあげられるのも。私たちだけでしょ？」

◇

それからしばらく経(た)って、朝雲(あさぐも)さんからＬＩＮＥの返信があった。

二人を見つけたから駅の横にある南口広場に来て欲しいと。

広場に駆け付けると、そこには沢山(たくさん)の屋台が並んでいる。イベントで地元の野菜や食べ物を売っているようで、なかなかの賑わいだ。

「温水君、これ骨ごといけるよ。うん、苦くて美味(おい)しい」

……八奈見のやつ、いつのまにか鮎の塩焼きを買ってやがる。

ボリボリと鮎を嚙(か)み砕く八奈見を無視して朝雲さんの姿を探すと、屋台の陰にコソコソと隠れている彼女を見つけた。声をかけようとした俺は一瞬思いとどまる。

彼女はライトオレンジのワンピースに身を包んでいる。頭には女優が被るような、つば広の大きな帽子。

そしてオデコに冷えピタを貼り、ミラーサングラスをかけている。

一つ一つはセーフかもしれないが、合わせ技で何やら絶妙におかしなことになっている。正直、声をかけたくない。

鮎の頭を頰張りながら八奈見が俺の隣に並ぶ。

「あの子、温水君の知り合いだっけ」

「八奈見さんの知り合いでもあるんじゃない？」

焼塩、あいつに負けたのか……。

悲しい気分になっていると、俺たちに気付いたらしい。朝雲さんはトトト……と、近くに走り寄ってくる。

「あー……どうも……」

俺が煮え切らない挨拶をすると、朝雲さんはニヤニヤと笑いながら冷えピタを剝がす。

「この変装、私だって分かりました？　実は私です、朝雲です」

そうでしたか。私は温水です。

彼女は丁寧に冷えピタを貼り直す。冷えピタ、変装要素だったのか。

「檸檬ちゃんたち、ここに来てるの？」

微妙に距離を取りながら、八奈見。

「はい、広場の反対側にいます。順番に屋台を回っているようなので、この辺りで隠れて待ちましょう」

言って屋台の陰に身体を隠す。俺たちはその後ろに並ぶ。

朝雲さんは例のアンテナ付きの機械を取り出すと、サングラスを外して並んだメーターをじっと見つめる。

「なあ、朝雲さん。どうやって二人がここで会ってると分かったんだ？」

まさかその変な機械、本当に凄い秘密道具だったりするのだろうか。

「調査により得られたデータを徹底的に分析したんです。全て計算通り、今日この時に収束しました」

朝雲さんはつつましやかな胸を張る。八奈見が不思議そうに首をかしげる。

「計算でそんなことが分かるの？」

「はい。機械の精度と感度が充分でなかったので、データと計算で補完しました。ニアミスを繰り返すことにより発信機の特性を摑んだんです」

なんか不穏な単語が聞こえてきたぞ。

「発信機って言ったか……？」

「はい、ＧＰＳですから」

この人、さらっと凄いこと言った。八奈見がまた距離を取る。

「あの、それってひょっとして犯罪……」

「お静かに。来ました。光希さんと焼塩さんです」

本当に来たのか。八奈見と視線を交わして、恐る恐る屋台の陰から顔を出す。

広場には多くの買い物客が行きかっている。俺たちが覗いているのは真ん中の通りで、左右に食べ物の屋台が並んでいる。

「右奥です。イタリアンジェラートの店」

目を凝らして見ていると、人影から一組の男女が現れた。

背が高く眼鏡をかけたイケメンと、スラリと手足の長い日焼けした少女——綾野と焼塩に間違いない。

綾野は清潔感のある白い襟シャツを着ていて、焼塩は制服姿。二人が並ぶとまるでドラマのワンシーンのようだ。手にジェラートのコーンを持って、楽しそうに屋台を巡っている。

時折笑いながらふざけ合う様は、知らない人が見たら仲の良い恋人同士にしか見えない。

八奈見が「ほう」と感嘆の声を漏らす。

「綾野君だっけ。背が高くてカッコいいね。檸檬ちゃんもスタイルいいし、並ぶとお似合い——」

「ちょっと、八奈見さん！」

失言に気付いたか、八奈見は両手で口を押さえる。

「ごめん朝雲さん！　そういうつもりじゃ……」

「構いませんよ。あの二人がお似合いだって、付き合う前から思っていましたから」

朝雲さんは気丈にも唇の端をニッと上げて見せる。

「……だから驚きました。光希さんが告白を受け入れてくれた時は。私の片思いだと思っていましたから」

淡々とそう言うと、小さな声で付け加える。

「だから私は……果報者です」

かける言葉を見付けられず、俺たちは黙って二人の姿を追う。

二人はあれこれと指差しながら店先を順番に覗いている。楽しそうにはしゃぐ焼塩の笑顔が、陽の光をまとうように輝いている。

『諦めたはずの人の前で、あんな顔されちゃねー』

八奈見のセリフが頭をよぎる。

俺たちはまだいい。朝雲さんにこれ以上、この光景を見せたくはない。

「朝雲さん、調査はそろそろ充分じゃ」

「あそこで買い物をするようですね」

俺の言葉に被せるように朝雲(あさぐも)さんの声。

視線を戻すと、焼塩(やきしお)が一軒の屋台に向かって綾野(あやの)の腕を引っ張っている。洋菓子の屋台のようだ。バラ売りの焼き菓子を、自分でカゴに取るスタイル。

二人は片手にジェラートを持ったままだ。どうするのかと思っていたら、綾野がカゴを持ち、焼塩がそこにお菓子を入れることにしたらしい。

仲良さげにお菓子を選ぶ二人。綾野が笑って首を横に振りながらカゴを高く持ち上げる。焼塩が素早くジャンプしてカゴにお菓子を入れる——。

……どれだけの時間が経(た)っただろうか。

買い物を終えた二人の姿が人混みに紛れてからも、朝雲さんは微動だにせずに通りを見つめている。

「あの……大丈夫、朝雲さん？」

朝雲さんは細い指で冷えピタを剝(は)がすと、クルリと背を向ける。

「……大丈夫です。少しお化粧を直してきますね」

静かにそう言うと、そのまま駅ビルの方に戻る朝雲さん。

朝雲さんの後ろ姿が消えると、俺と八奈見(やなみ)は同時に大きく息を吐く。

「彼女、ダメージ受けてたみたいだな」

「だね。女心はね、温水(ぬくみず)君が思ってるより繊細なの」

そういや誰かが女の子は砂糖菓子で出来ていると言っていた気がするな。八奈見は糖質と脂質で出来てる系だが、似たようなものだろう。

　考えこむ俺の肩に、八奈見が首を振りながら手を置く。

「やっぱさっきのお似合い発言はどうかと思うの。恋愛ってセンシティブな問題なんだし、細心の注意を払ってだね」

「……待って八奈見さん。ひょっとして、さっきの失言、俺のせいにしようとしてない？」

「してるけど。それがなにか？」

　こいつ、開き直りやがった。

「俺が悪くたっていいけどさ。朝雲さんを追いかけなくて大丈夫？」

「私が？　温水君行きなよ」

「お化粧直しってトイレのことだろ。俺が行っても仕方ないじゃん」

「別にトイレまで追いかけなくたって、外で待ってるだけでいいの」

「そんなんでいいのか？」

「そんなもんだって。誰かが心配して、気にかけてくれてるってことが分かれば、それで充分なの。そういえば私の時は」

　八奈見がジト目で俺を見る。

「――ここの誰かさん、気遣ってくれたかな？」

なるほど、確かに気遣わなかった。

「それに私は今、ちょっと顔合わせ辛いし……」

だよな。さっきのお似合い発言、ちょっと駄目過ぎだ。

「分かった。俺でいいかは分かんないけど、とりあえず行ってみるよ」

「お願いね、温水君」

俺は広場から駅ビルに戻る。

あてはないがとりあえず一番近いトイレに向かっていると、途中の雑貨店に大きな帽子をかぶったワンピース姿の女子。朝雲さんだ。

後ろ手に指を組み、革製のブックカバーをじっと見つめている。

「あの……朝雲さん、大丈夫?」

「あら、温水さん」

こっちを見ずに答える朝雲さん。

表面に彫り込みのされた革のブックカバーに手を伸ばし、少しためらって手を引く。

「素敵なブックカバーです。あの人に似合いそうじゃありません?」

「ああ、趣味いいね。あいつのイメージに合うよな」

「ですね。光希さん、本が好きですし」

しばらく見つめていた朝雲はポツリと呟く。

「……光希さん、本に関わる仕事を目指しているんですって」

「あいつが？」

初めて聞いた。そもそも本に関わる仕事とか、どうやって目指せばいいのだろう。

さほど親しくもない綾野の話を、話すようになったばかりの朝雲さんから聞いている。

現実感の薄さに、どことなく足元がグラグラする。

「彼に言わせると、作家は夢見たとしても進路とは別だから。東京に出て文学の勉強をするんですって。その上で研究者や出版、書店……。なにかしら本に関わる仕事を目指すそうです」

朝雲さんは独り言のように話し続ける。

「初めて聞いた時、びっくりしました。私と同じような夢を持つ人が側にいたんですから」

「ああ……そうなんだ」

俺はようやくそれだけ言う。

「私の第一希望は図書館の司書ですけどね。狭き門なのは違いありません」

朝雲さんは思い切るようにブックカバーを手に取ると、表面を優しく撫でる。

「……全部、私の計算通りでしたね」

「え？」

「あの二人が会うところを見ることが出来ました」

「え、ああ……そうだね」

計算というかＧＰＳだけど。

「あの人、実は甘いもの苦手なんですよ。お菓子を買っていたのは、ひょっとして私へのお土産でしょうか」

「そうかもな。あいつ優しいからな、うん」

俺は高速でコクコク頷く。

「はい、彼は優しいんです。だから誘われたらジェラートを一緒に食べるし、楽しそうにお話しもするし、あんな顔だってするんです」

朝雲さんは何かを抑え込むようにそう言うと、ブックカバーを棚に戻す。

「私といる時、光希さんはあんな顔は」

言葉の最後は力なく、ショッピングモールの賑わいの中に溶けていく。

「……ジェラートとか」

「え？」

唐突に戻った話題に、俺は思わず声を上げる。

「私、光希さんと甘いものを一緒に食べに行ったことないんです。あの人が甘いもの好きじゃないって知ってますから、誘わないようにしていて」

朝雲さんは帽子のツバを摑むと、深く被り直す。

「だから、彼と焼塩さんが二人で食べてるところ見たら……ちょっと落ち込んじゃって」

「えーと……ほら、綾野が食べてたの、甘くないやつかもよ？　クレープだっておかずクレープとかあるじゃん」

「おかず？　じゃああれ、何だったんですか」

「例えばツナマヨとか」

適当極まりない俺の言葉に、朝雲さんが目を丸くする。

「コーンに乗ってたの、全部ツナマヨですか?!」

「おにぎりもツナマヨが一番人気だし」

更に積み重ねた適当に、朝雲さんは口元を押さえてクスクス笑う。

「ふふ……ツナマヨだけだと胃もたれしそうです。光希さんにはサラダを作ってあげないと」

ひとしきり笑うと、朝雲さんは目を伏せる。

「焼塩さんがうらやましいです。まっすぐで、ちゃんと自分の気持ちを出せて。私、光希さんに迷惑かけたくないとか、そんなことばっかり」

「いいじゃん、迷惑かければ」

朝雲さんは驚いた様に目を丸くする。

「……嫌われません？」

「綾野とはそんなに付き合いないけどさ。一緒にアイス食べたいとか、そのくらいのワガママを嫌がるやつじゃないと思うよ」

付き合ってもない女子に迷惑をかけられている俺に比べたら、何だってましである。

「温水さんって結構優しいんですね。私、誤解してました」

俺への誤解、学年中に蔓延している。

朝雲さんは困ったような表情で、俺を上目遣いに見つめてくる。

「どうしたの？」

「……温水さんが好きになる人はどんな方なんでしょうね。いつか会ってみたいです」

言って、クスリと笑う。

「はあ……」

俺も人並に女性は好きだと思うが、フラグ以前に付き合うイメージが全く出来ない。

勝ちヒロインの朝雲さんさえ付き合ってから思い悩んでて、付き合ってもいない八奈見だって想いが届かずに苦しんでいる。

最近下手に人付き合いが増えた分、かえって恋愛が縁遠く思えてくる。

「そろそろ戻らない？　ほら、八奈見さんも待たせてるし」

「……ええ、そうですね。私としたことが少し取り乱しました」

笑顔を見せる朝雲さん。

ホッとしたのも束の間、朝雲さんが驚いたように背筋を伸ばす。

「温水さん、隠れましょう！」

朝雲さんが俺の手を掴む。

「へ？　あの、ちょっと？」

「早く！　こっちに来てください」

意外と力強い朝雲さんの手に引かれて、隣の洋服屋の試着室に連れ込まれる。

「ちょっと朝雲さん⁉」

「静かに！　光希さんにバレますから」

え、綾野が近くにいるのか？

朝雲さんが焦るのも分かるが、別にやましいことをしている訳ではない。確かに一見、二人で買い物をしてるように見えるかもしれないが決して……。

「あれ？　これって見られるとやばい？」

「だから隠れたんじゃないですか」

上を向いた朝雲さんの大きな帽子の鍔が顔に当たる。

「あの、それちょっと痛いんだけど」

「すいません、ちょっと狭くて」

試着室に二人で入れば狭いのは当然だ。帽子が当たらないようにモゾモゾと動く朝雲さんの髪が腕を撫でる。

あ、なんか朝雲さんいい匂いするな。

決して俺は変態ではないが、なぜ可愛い子っていい匂いがするのだろう……。

「そういえば、綾野は焼塩と一緒じゃなかったの？」

俺は聞き耳をたてながら、小声で聞いてみる。

「ええ、光希さん一人でした。ちょっと外の様子を見てみますね」

朝雲さんはカーテンの間に、にゅっと顔を突っ込む。

……しかし変な展開になったもんだ。焼塩と綾野の様子を見に来たはずが、まるで俺たちが浮気カップルだ。

そんなことを考えていると、朝雲さんがカーテンの間から頭を引き抜く。

彼女はもう一枚冷えピタを取り出すと、オデコに貼る。

「えーと、温水さん。実に申し上げにくいのですが」

「はあ」

「光希さんに見つかりました」

「え」

朝雲さんは勢い良くカーテンを開ける。

そこには顔を強張らせた綾野光希の姿。

観念した表情で、ぺこりと頭を下げる朝雲さん。

「光希さん、こんにちは」

「千早と……温水?! 何で二人が一緒にいるんだ?」

なんでと言われても、俺も良く分かっていない。

それに変なことを言ってこじらせてはいけないし、ここは朝雲さんに上手いこと言ってもらおう。

助けを求めるように視線を送ると、朝雲さんは俺に向かってコクリと頷いて見せる。

……良かった。ちゃんと彼女が説明をしてくれそうだ。

朝雲さんは綾野に向かって一歩踏み出す。

「光希さん、詳しい事情は」

そこまで言って言葉をとめる。嫌な予感が頭をよぎる。

クルリと振り向いた朝雲さんのリスのような丸い瞳に俺が映る。

「――温水さんから話をしてもらいます」

◇

西駅。

それだけ聞くとそういう駅があるように思えるが、実際には豊橋駅の西口付近を指す。

俺と綾野は駅舎と繋がるエスカレーターを降りると、無言で並んで歩きだす。

朝雲さんの無茶振りの後、俺と綾野の二人だけで話をすることになったのだ。

ここは市内最大の駅の西口。新幹線のホームも近く送迎にも便利だ。

「温水、どこか静かな場所で話をしよう」

「ああ、そうだな。どこか人目に付かない場所で——」

俺たちは周りを見回していたが、綾野がポツリと呟く。

「……むしろ、ここが一番静かだな」

「人通りも少ないしな」

東口のにぎやかさに比べて、やたらと静かな通称『西駅』。

この界隈は二人で込み入った話をするにはもってこいだ。とはいえ、なんでこんなに人がいないんだ……。

綾野は『ヤマサちくわ』の赤い建物の前で立ち止まると、俺に正面から向き直る。

怒るでもなく、何かを覚悟したような真剣な表情で。

「温水、さっきのはどういうことか説明してくれ」

「説明……か」

俺は意味あり気に顎に手を当ててみる。

余裕な態度を取っているが、内心冷や汗が止まらない。朝雲さんと二人で試着室に入っていた理由とか一体どう説明しろというのか。

……いやでも、俺なにも悪くないよな。そもそも朝雲さんに頼まれて力を貸してるんだし、今も彼女に無茶振りされてこうなってるんだし。

よし、決めた。開き直る。

俺は精一杯の決め顔で、眼鏡越しの綾野の瞳を見返す。

「綾野、最初に説明が必要なのはお前の方じゃないか？」

「……どういう意味だ？」

綾野は訝し気に眉をしかめる。

「お前、焼塩と二人で会ってるだろ」

そもそもこいつが余計なことをしているから、俺がこんな目にあってるのだ。

「今日のことなら、買い物に付き合ってもらっただけだぜ？　すぐに解散したし」

「じゃあ、こないだ市役所の辺りを一緒に歩いてたのはどういう訳だ。他にもあるぞ、全部言おうか？」

最後はもちろん口から出まかせだ。

しばらくの沈黙の後、綾野はフッと笑うと、降参とばかりに両手を上げる。

「……参ったな、全部お見通しか。温水にはかなわないな」

「ま、まあな。俺にはお見通しだ」

なんだこいつの俺への高評価。他の連中も見習え。

綾野は慌てたように手を振る。

「待てよ、俺たち何もやましいことはしてないぜ。それにさ、檸檬がそんなやつじゃないのはお前も知ってるだろ」

確かにそうだ。焼塩がそんなやつじゃないのは、浅い付き合いの俺でも分かる。

だからこそ、俺も八奈見もこうやって出ばっているのだ。俺は小さく首を横に振る。

「考えてもみろって。お前は朝雲さんという彼女がいながら、他の女子と黙って二人で出かけてるんだぞ。それも一度や二度じゃない。相手が焼塩だって……いや、あいつだからこそ放っておけないだろ」

ヤマサちくわから買い物客が出てきたので、俺たちは黙り込む。

……綾野のやつ、もう少し立ち止まる場所を考えてくれればよかったのに。

お客さんが遠ざかると、俺は改めて口を開く。

「結局、こそこそと二人で何をしてたんだ?」

綾野は言いにくそうに口を開きかけては閉じ、ようやく観念したように話し出す。

「俺が――檸檬に恋愛相談をしてたんだ」

……恋愛相談?

ちょっと変わって……いや、かなり変わってるけど可愛い彼女がいて、一体なにを相談するというのか。しかも相手は焼塩だぞ。

綾野は照れたように頬を掻きながら視線を逸らす。

「俺、付き合うなんて初めてだしな。女子とどうやって接したらいいかとか、全然分からなくて。アドバイスが欲しいって思ってさ」

「そこでなんで焼塩なんだ……？」

「なんでって、檸檬のやつモテるだろ？　女子の気持ちも分かるだろうし」

「なるほど。それで焼塩に恋愛相談を……焼塩に……」

……ははあ、さてはこいつ馬鹿だな。俺の中での綾野の評価が大暴落だ。

「例えばどんな相談をしてるんだ？」

「それが……言いにくいことなんだけど。他のやつに言うなよ？」

「分かった、それは大丈夫」

なにしろ言う相手がいないしな。

まあイケメンとはいえ恋愛初心者の綾野が焼塩にするような相談事だ。きっとお可愛い悩みに違いない。

「千早のやつ二人きりの時は積極的……っていうか、結構グイグイくるんだけどさ」

「お、おう……」

違った。あんまり可愛くない。

「俺も男だから、嫌なわけじゃないけど。その、千早はそれ以上のつもりがなくて……キスとかの先に進むのは、俺だけ突っ走ることにならないかって」

綾野はあたりに人がいないことを確かめると、低く呟くように言葉を続ける。

「早い話、怖いんだ。どこまで踏み込んでいいかとか。がっついて千早を傷付けたり……幻滅されるんじゃないかって」

……なるほど。全然共感できないが、話は分かった。

とはいえ少し安心した。今の話を信用するなら、こいつは焼塩と浮気はしていない。ただの恋愛相談をしてただけで……ん？　ちょっと待て。

「もしかして今の相談、焼塩にもしたのか⁉　ホントに⁉」

「ああ、こんなこと話せる女友達って檸檬しかいないしな」

「……マジか」

思い出した。こいつ超絶鈍感キャラだった。しかし焼塩の気持ちを知らないとはいえ、そんな話を女子にするか……？

綾野の評価の暴落が止まらない。そろそろ八奈見と同じランクに到達するぞ。

「さ、次はお前の番だぜ」

突然、矛先が俺に向く。

俺の番って何のことだ？　ぽかんとしている俺に綾野が一歩詰め寄ってくる。

「はっきりと言ってくれ、覚悟は出来てる」

「覚悟？」

「俺が男らしくないのは分かっている。千早が心移りするのも、お前相手なら納得――」

「はっ?!　いや待て待て待て！　そんなんじゃないって！」

ホントなに言ってやがる。そしてなんなんだ、こいつの俺への過大評価は。

「じゃあ、なんで二人一緒にいたんだ？　やっぱりそうなんだろ？」

「違うって！　俺も相談を」

言いかけたはいいが、これってどこまで言っていいんだ？

焼塩との浮気を疑った朝雲さんが、こっそり二人の逢引を見張っていた……。

せっかく雨降って地固まりそうな雰囲気なのだ。俺のせいで二人の仲がこじれて別れることにでもなったら、寝つきが悪いにもほどがある。

「千早に相談？」

「そうそう！　俺もほら、相談を……恋愛相談をだな、朝雲さんにしてたんだって」

綾野は鳩が豆鉄砲を食ったような顔をしている。

当然だ。言った俺だって面食らってんだぞ。

「お前に彼女がいたなんて初耳だな」

「彼女はいないけど好きな人がいるっていうか。そっち方面の恋愛相談だ」

「でもお前、文芸部に女子の知り合いがいるだろ。なんで千早に」

綾野は言いかけて黙ると、そのまま深く考え込む。そしてそのまま固まり続ける。

「……おーい、大丈夫か綾野？」

遠くホームに新幹線の到着を告げるアナウンスが流れる。

そして出発のベルが鳴るのに合わせたように、綾野が手の平をポンと叩く。

「分かった！」

……なにが？

「よし、そういうことなら俺に任せろ」

「へ？　ああ、うん。任せた。頼んだぞ」

適当に言ったはいいが俺は何を任せたのか。

綾野はようやく表情を緩めると、安心したように話し出す。

「どいつもこいつも、俺のこと鈍感とかいうけどさ。汚名返上ってとこだな」

「えっと、悪い。どーゆーことだ……？」

とぼけていると思ったのか、綾野は笑いながら俺の背中をポンと叩く。

「つまり好きなやつは文芸部にいるんだろ。そりゃ、部の女子には相談できないよな」

文芸部に俺の好きなやつが？　それって本棚のラノベの登場人物は含まないよな。

だがこいつが勘違いをしてくれてるなら乗っかるしかない。二人の破局の元凶になるのはごめんだ。

「まあそんなとこだよ」

「もしかして、お前の好きなのって檸檬か？」

そうくるか。俺は首を横に振る。

「違うから安心してくれ。こっちは自分でどうにかするから、お前は朝雲さんを大切にしろ」

速攻で否定したはいいが、焼塩でなければ俺が好きな相手は八奈見か小鞠ということになる。

なんというか両極端な二人だが……カテゴリーは一緒だな。

「遠慮するなって。その子を誘って、みんなで遊びに行こうぜ」

「え？　いや、そこまでしなくても。ほら、秘めた想いっていうか。できれば卒業まで秘めたままでいいかなって」

綾野は苦笑する。

「告白までしろってんじゃないぜ。まずは部活以外でも仲を深めて、単なる部の仲間から一歩踏み出すんだよ」

こいつ、なんで急にまともなことを。

「段取りは俺に任せろ。それに檸檬にも来てもらおうぜ」

「焼塩を？　なんでだよ」

この鈍感主人公、次はどんな面倒ごとを増やすつもりだ。

「だって、お前が好きなのは檸檬じゃないんだろ？　同じ文芸部の女子がいた方が、相手の子も来やすいだろうし。お前が無理なら檸檬からその子を誘ってもらってもいいしな」

ははあ、なるほど。こいつにしては筋が通った考えだ……。

「っ!? ちょっと待て！ 文芸部に好きな相手がいるとか、焼塩に絶対言うなよ！ 絶対だぞ！」

「お、いまの知ってるぞ。それって確か、フリってやつだよな?」

「違う！ 何でもいいから、焼塩に余計なことだけは言うなよ！ マジな方の絶対だ！」

なんで俺、こんなことで声を嗄らしてるんだ。

「分かったって。上手いことやるからさ」

綾野の予想以上のポンコツぶりにウンザリしつつ、一つの事実に気付いた。

……こいつと朝雲さん、意外とお似合いなのかもしれない、と。

◇

その日の晩。

俺はベッドに寝転がり、八奈見と電話をしていた。

『それで、温水君が恋愛相談してたってことでごまかしたの? しかも好きな人が文芸部に?』

スマホの向こう側から笑い声が響いてくる。

「笑い事じゃないし……大変だったんだって」

『ごめんごめん。朝雲さんも浮気じゃないって分かってくれたんでしょ？　良かったじゃん』

「えーと、まあ……一応は」

　朝雲さんには俺から経緯を説明した。ヤバそうなところは隠したが、あくまでも恋愛相談だったことは納得してもらえた。

　後は綾野と彼女の問題だ。ちゃんと二人で話し合って、分かり合っていくのは本人たちにしかできない。

『それでさ、どこか遊びに行くの？』

「へ？」

『言ってたじゃん。誰か文芸部の女子を誘うんでしょ？』

「うん……まあ」

『私、行ってあげよっか』

「……いいのか？」

　どういう風の吹き回しだ。とはいえ正直ありがたい。

　思い込みの激しい綾野に動き回らせるより、一度出かけておいた方が楽だ。

『暇だから全然いいよ。任せるから決まったら教えてね』

「ああ……助かる」

『……それに遊びに行こうにも、友達みんな彼氏いるしね』

八奈見(やなみ)の声が急に低くなる。さあ、必要なことはすでに伝えた。こいつが愚痴モードに入る前に電話を切らないと。

「えっと。じゃあ、その、そういうことでそろそろ……」

『あのさ、温水(ぬくみず)君って』

「え、なに……？」

『電話苦手だよね』

……だって仕方ないじゃん。電話だぞ？

◇

それから二日後の昼下がり。豊橋(とよはし)駅から一駅の二川(ふたがわ)駅。

俺はそこからほど近い地下資源館の入り口前で、待ち合わせをしていた。

なにやらいかめしい名前だが、ここは地下資源に関する展示を行う科学館で、市民なら子供の頃に一度は来たことがあるはずだ。

……しかし変なことになったな。

今日は綾野と朝雲さんに加えて焼塩と八奈見、俺を含めた総勢5名が『俺を好きな人とくっつける』ために集まることになっている。

今回の集まりが茶番なのを知らないのは綾野一人だ。

焼塩は目的自体を知らなくて、単にみんなで遊びに行くだけと思っている。

そして八奈見を呼んだからには、綾野は俺が八奈見を好きだと認識しているわけで。

……うん、ややこしい。

とにかく今日は適当に過ごして、後日「八奈見に振られた」とか報告しとこう。それで丸く収まるはずだ。

「待てよ。綾野の中で俺は、八奈見に振られた男になるのか……？」

なんか微妙に腹が立ってきたぞ。

そもそも綾野が自分の彼女を不安にさせたのが悪いのに、なんで俺がそんな目に。

一人腹を立てながら腕時計を見る。そろそろバスで来る他の四人が着くころだ。

恋愛にはポンコツの綾野が、イベントの企画に関しては有能ぶりを発揮した。

ここに来ることを発案したのは俺だが、イベント用のＬＩＮＥグループをつくり、全員の予定の調整、交通手段の確認までやってのけたのだ。

「おーい、温水。待たせたな」

綾野の声に振り向くと、バス組がこちらに向かってくるところだ。

「時間通りだ。これで全員揃ったな」

「だな。今日は頑張れよ」

綾野は俺の肩を小突いてウインク。うざい。

「こんにちは、温水さん。今日は楽しみましょうね」

朝雲さんは満面のニコニコ笑顔。オデコのテカリもよい感じだ。彼女は縦ストライプのブラウスとスキニーパンツ姿。見た目だけなら、ただの可愛い女の子だ。

「お疲れ、ぬっくんはいつも通りだね！」

焼塩の格好はジーンズに肩出しの白いシャツだ。

シンプルな格好だが、スタイルの良さと合わさって大人びた雰囲気だ。制汗剤とは違う、香水の香りが鼻をくすぐる。

最後の一人。八奈見は緑っぽいノースリーブのニットの上から、透け気味のシャツを軽く羽織っている。薄茶色のロングスカートの足元は、厚底のサンダルだ。

何故か能面のような表情で、静かに突っ立っている。

「八奈見さん、どうした？」

「……別に」

なんか分からんが、きっと食べ物がらみだ。そっとしておこう。

さて、ここに来たのは小学校の社会見学以来だ。

入り口から地下に伸びる通路を眺めながら懐かしさをかみしめていると、綾野（あやの）も同じ気持ちなのだろう。指先で眼鏡をクイッと押し上げる。

「温水（ぬくみず）、行くか」

「ああ、行こうか」

科学館とか博物館とか聞いて、黙っていられる男子がいようはずがない。

俺たちは通路に足を踏み入れる。

展示室に向かう下り道は鉱山の坑道を模していて、それを抜けると展示室が広がっている。

「「おおーっ！」」

俺と綾野は揃（そろ）って歓声を上げた。

綾野は足早に鉱物標本に向かうが、さて俺はどこから攻めようか。

「……温水君、ちょっと。ほら、こっち」

展示に向かおうとした俺の襟首を、八奈見（やなみ）が摑（つか）んでくる。

「え、なに八奈見さん。俺、早く見に行きたいんだけど」

「ちょっと話があるの。ほら、こっち来て」

なんなんだよもう。膨れっ面の八奈見が、俺を壁際まで引っ張る。

「どうしたんだよ。こんな隅っこで」

八奈見は腰に手を当て、しかめっ面で首を横に振る。

「夏休み……男女五人……高校生……お出かけ……。ここまで言えば分かるよね？」

え、分かんない。なんかのバナー広告か。

「完全に青春でしょ？　映えでしょ？　それで普通、地下資源館とかってある？　名前に地下とか付いてんじゃん」

男女で出かけようって時に、俺に普通を求めるのは無理がある。

「でも綾野も賛成してくれたぞ。男子はこういうとこ好きなんだってば」

「いや、私たち女子の立場は……？　見て、私の気合の入った格好を！」

「なんでそんな気合の入った格好を……？」

「男女でお・出・か・け！　他にも女子来るんだし、気合入れるでしょ？　温水君には映えようって気持ちはないの?!」

ないぞそんなもの。

「そういうとこだよ温水君。男子は楽しいかもしんないけどさ。他の女子たちも――」

八奈見が指差す先、朝雲さんが目を輝かせながら俺たちを手招きしている。

「みなさん、見てくださいこの立派な雲母！　これ1個でどれだけコンデンサが作れるんでしょうか！」

朝雲さんは大変良くお楽しみだ。

綾野と一緒にガラスケースを覗き込み、歓声を上げている。

「彼女は楽しそうだけど」

「なっ……！　ほら、あの子は頭いいから！　檸檬ちゃんなら」

実に失礼な前振りに被って焼塩の声が響く。

「ねえねえ！　トロッコあるよ、トロッコ！　これ乗っていいのかな？」

「焼塩！　それ触っちゃダメだからな！」

身体は大人、頭脳は子供。焼塩は期待通りのリアクションだ。

「檸檬ちゃんも……？　私、少数派なの……？」

ガックリと肩を落とす八奈見。

「そう気を落とすなって。ほら、あっちで金属の重さや硬さ比べができるぞ。行ってみないか？」

八奈見はやさぐれ気味の表情で俺を見る。

「硬さ比べ……一周回って興味出てきた感はあるけど」

「じゃあ早く行こう。鉄は熱いうちに打てって言うし」

「……なんかちょっと上手いこと言った気になってるでしょ」

八奈見は不機嫌そうに言うと、『金属の性質コーナー』に向かう。後を追おうとした俺の隣に焼塩が並んできた。

「ねえねえ。今日の企画、ぬっくんが考えたの？」

「この場所は綾野と相談して決めたんだけど。遊びに行くのはあいつが言い出したかな」

?
Sum

「へーえ、光希がねえ。ぬっくん、いつの間にそんなに仲良くなったのさ」

焼塩が疑い半分、興味半分の視線を向けてくる。

「まあ、話の流れってやつだ」

「ふうん。なんか光希のやつ、変なこと言ってたんだよね。温水のこと頼むとかなんとか」

「俺のこと?」

綾野め、余計なことを。

俺はとにかく静かに暮らしたいのだ。そもそも今回はあいつと朝雲さんのいざこざに巻き込まれたようなもんだぞ。

「なんかあるの? もしかして」

焼塩の意味ありげな視線の先、八奈見が金属の塊を持ち上げようとしている。

「うっわ、これ重っ! ちょっと二人とも手伝ってよ!」

……あいつ意外と楽しそうだな。

呆れ顔で眺めていると、焼塩が面白がるような表情で肘でつついてくる。

「つまりぬっくん、八奈ちゃんってこと? あたし、任された?」

「違う。断じて違う」

俺はキッパリと断言する。

風評被害にもほどがある。綾野に抗議しようと姿を探すと、朝雲さんと肩を並べて昭和時代に作られた未来都市模型を眺めている。

　つられて二人を見た焼塩が、寂しそうな表情を浮かべる。

「……あー、俺たちもあっちに行くか？」

「なんでよ。光希たちの邪魔なんてしないって。今日は二人をできるだけ一緒にしたげるの」

　焼塩は白い歯を見せる。

「でもさ」

「ひょっとして、あたしになんか変な気を使ってる？」

　言葉に詰まる俺を、今度は強めに肘で小突く焼塩。

「ぬっくん、あたしはあの二人の応援団みたいなもんだから。心配しないで」

「でも綾野のやつ、お前の気持ちに気付いてないぞ。せめて──」

「……いいの。あたしはこれでいいの」

　焼塩は囁くように、だけどはっきりそう言うと、優しい笑顔で二人を眺める。

　……その表情を見て気付く。焼塩はとっくに自分の気持ちに折り合いをつけている。

　綾野のことは今も好きで、その気持ちを大事にしながらも、想いを秘めてあいつの側にいようと決めている。

　多分、適度に距離を置いたり、玉砕覚悟でぶつかった方が楽に違いない。だけど焼塩は今までの関係を続けることを選んだ。

焼塩の想いとか、辛さとか、それを受け止める覚悟とか。俺は分かっていなかったのかもしれない。

「ごめん、焼塩」

「どしたの、突然」

「焼塩っていつも笑ってるけどさ、こういう時には結構大人だよな」

「ほほう、ようやく分かったか」

焼塩はニカッと笑うと、ピースサインを突き付けてくる。

「じゃあ、お詫びに夏休みの宿題見せてよ」

「えぇ……。ちなみにどの教科?」

「え?　宿題にどの教科ってなくない?」

こともなげに言う焼塩。……こいつ、一つもやってないな。

もの言わぬ俺の表情に気付いたか、言い訳するように付け加える。

「でも、絵日記つけてるよ?　朝顔の観察日記も付けてるし」

「どっちも宿題にないぞ?」

「……マジ?」

前言撤回。こいつ中身はやっぱり小学生だ。俺は思わず苦笑する。

「いいよ、今度貸すから部室で——」

「なーに二人してちょっといい雰囲気なのよ。そして私にも宿題見せて」

俺たちの間に八奈見が割り込んでくる。期待通りこいつも宿題やってない。

「八奈ちゃんも宿題まだなの？　今度一緒に写させてもらおうよ」

「うん、じゃあ温水君ちで集合で」

勝手に俺の家を集合場所にするな。

「ノート貸すから勝手に写してくれ。ほら、あっちのクイズコーナー二人で対戦できるぞ。行ってきたらどうだ。さ、ほらほら」

二人を追い払うと、俺は展示室を見回す。

さてこれでようやく一人になれた。まずは高師小僧をじっくりと観察するか。これは地中の鉄分が植物の根に集まったもので……。

「おーい、ぬっくん！　このクイズ三人でできるよ！」

クイズコーナーで焼塩がブンブン手を振りながら叫んでくる。

……三人で出来るのは知ってたけど、騙されてはくれなかったか。

しばらく聞こえないふりをしていたが、俺を呼ぶ声に八奈見も加わる。逃げられないことを悟った俺は二人の元へ向かう。

クイズの相手は八奈見と焼塩だ。負けられない戦いが始まる。

◇

それから約2時間。

地下資源館を遊び尽くした俺たちは、併設されている視聴覚教育センターに場所を移した。ここは二種類の科学館が併設されている贅沢設計なのだ。

小学生がはしゃぎ回る展示室の中、椅子に座った八奈見がポーズをとる。

「はい、撮れたよ」

俺は八奈見にスマホを返す。

「ありがと。この写真映えるかな？　パワーストーンの椅子ってのがインパクト強すぎて引っ張られない？」

八奈見が座っている椅子は内側にパワーストーンが敷き詰められた逸品で、ビジュアルのインパクトは抜群だ。

「大丈夫大丈夫、八奈見さんなら負けてないって」

適当に受け流すと、俺は大きく伸びをする。

見れば焼塩は「日本一大きいドングリ」を熱心に眺めていて、綾野と朝雲さんは身体が細く映る鏡の前で写真を撮り合っている。

流石にちょっとはしゃぎ過ぎた。疲れたし、そろそろ帰りたい。

すると、パンフレットを見ていた八奈見が「お」と声を上げる。

「ここプラネタリウムあるんだね。プラネタリウム……プラネタリウム……」

ブツブツと呟きだす八奈見。気味が悪いので無視していると、にこりと笑いながらパンフレットから顔を上げる。

「なーんだ。温水君もそのつもりだったんだ。やっぱ、なんだかんだ言っても男の子だね」

良く分かんないけど、何か失礼なことを言われている。

「どのつもりもないけど。八奈見さんどういう意味？」

「うんうん、照れなくたっていいよ。私、ちゃんと分かってるから」

お前に俺の何が分かるというのか。

八奈見は立ち上がると、馴れ馴れしく俺の肩に手を置いてくる。

「やっぱり高校生たるもの、夏休みくらいは映えたいよね。温水君もSNSとかやってるの？」

Twitterはやっているがフォロワーは０名だ。どんなに映えようとも見る人はいない。

「SNSは興味ないし、むしろそろそろ帰ろうと」

「嘘でしょ？　地下資源館で油断させて、プラネタリウムのギャップで攻めるってプランじゃないの?!」

攻めるって、砦でも落とそうというのか。

「そんなに行きたいなら俺は構わないけど」

「そうこなくっちゃ！　じゃあ他の三人にも声かけるよ！」

皆に駆け寄る八奈見の後ろ姿を見ながら、陽キャって基本元気だよなあとか思っているうちに話はまとまった。

綾野に至っては、俺がボンヤリ展示を眺めている間に受付まで済ませてきた。さすが彼女持ちの男は一味違うな。

八奈見は受け取ったプラネタリウムの整理券を黙って見つめている。

「どうしたの八奈見さん。プラネタリウム見たかったんじゃないの」

「うん、でも今日のプログラム……」

プログラム？　整理券の表示を見る。

本日のプログラムは『宇宙の平和を守れ！　超銀河戦隊スペクトレンジャー！』。

「いいじゃん、戦隊モノ」

「足りなかったロマンティック成分の補充が目的じゃない？　戦隊モノで補充できる？　大丈夫？」

無理かもしんない。焼塩が横からひょいと俺の整理券を覗き込む。

「あ、今日はスペクトレンジャーなんだ。あたし結構好きだよ」

「焼塩、見たことあるんだ」

「子供のころ、これの科学絵本をパパが買ってくれたんだ。頭良くなるようにって」

それでこの仕上がりか。

八奈見をなだめすかしてプラネタリウムのあるホールまで連れていく。

なんだかんだで雰囲気にテンションが上がったのか、早速自撮りを始める八奈見。

ホッとして視線を移すと、朝雲さんはポスターを凝視しているようだ。

「ねえ光希さん、これって謎解き要素もあるんですって。どうですか、一つ勝負でも」

「へえ、面白そうだな。なあ檸檬も一緒に勝負しないか」

「あたしも？」

八奈見に写真を撮らされていた焼塩が声を上げる。

綾野は俺の側に来ると、こっそりと耳打ちをしてきた。

「プラネタリウムは八奈見さんと二人にしてやるからさ、頑張れよ」

「……え。そういうのやめてくれない？」

俺の心からの訴えも照れ隠しと取ったのか、綾野はうんうんと頷く。

「照れるなって。俺たちは離れた席にいるから」

俺の主張もどこ吹く風、成り行きを見守っていた焼塩を手招きする。

「さ、檸檬。俺たちは三人で見ようぜ」

「待って、あたしは八奈ちゃんと一緒に見るよ。光希は朝雲さんと一緒に見たげなよ」

焼塩は笑顔を崩さず、だけどキッパリと断る。よし、これでいい。恋人同士仲良くやってくれ。

　ホッとしたのもつかの間、今度は朝雲さんが間に入る。

「どうぞ気にせずに一緒に見ませんか？　私、焼塩さんとも仲良くできたらいいなって」

　戸惑いを顔に浮かべつつ、焼塩は首を横に振った。

「ありがとね。でもさ、折角なんだから朝雲さんは光希と一緒に見なよ。さ、八奈ちゃんもぬっくんも行くよ」

　踵を返す焼塩。と、綾野が駆け寄ってその手を摑む。

「待ってくれ、これには事情が」

　焼塩はほんの一瞬ためらってから、その手を振り払う。

「みーつーき！　あんたはちゃんと朝雲さんの側にいなって！　私たちは三人で見る！　光希は朝雲さんと見る！　はい、これで話はおしまい！」

　ホールに焼塩の声が響き渡る。周りにいた他の客たちの視線が集まる。

　ようやく今の状況に気付いたか。綾野が高い背を屈めるように頭を下げた。

「悪い……なんか俺、変なこと言ったみたいで……」

　落ち込む綾野の腕に、朝雲が気遣わし気に手を添える。焼塩が苦笑しながら頭をかいた。

「あんたの彼女は朝雲さんなんだから。あたしらといたって、彼女を優先しなきゃじゃん」

「ああ、俺が悪かった」

「ホントだよ。あたしの惚れた男なんだから、もっとしゃんとしなって！」

焼塩が笑いながら綾野の背中を強く叩く。釣られて俺も笑う。

だよな。焼塩が惚れた程の男なんだし、もうちょいしっかり……。

「……おい焼塩、今なんて」

「へ？」

焼塩はいつもの明るい笑顔を向けてくる。

もう一度「へ？」と呟くと、八奈見と朝雲さんの顔に視線を向ける。

表情の固まった俺たちの様子を見て、ようやく何を言ったか気付いたらしい。見る間に焼塩の顔が青ざめる。

……いや待て。こいつが綾野のことを好きだなんてみんな知っている。

それを知らないのはただ一人。そいつがいつも通りの鈍感ぶりを見せてくれれば、それで全てが収まるのだ。

綾野、いまこそ鈍感主人公の本領を発揮するときだ。頼むぞ……。

俺は恐る恐る綾野に視線を送る。

そこには――冗談みたいに頬を赤くした綾野の姿。

こいつ、なんで今回に限って人並みの反応を。最終巻か。

「檸檬……惚れた男って……？」

「あの！　み、光希！　今のは、そ、その、違くて……違……」

焼塩は顔を伏せ、両方の手の平を綾野に向けて、じりじりと後ずさる。

「違うから……違う……違う……」

ふと、小声で何度も繰り返していた言葉が止まる。

そして固まり続ける俺たちに背を向け、一気に走り出した。

人の間を縫い、瞬く間に姿を消す焼塩。

あまりに一瞬の出来事。俺たちは現実感が追い付かずに、その場に立ち続けた。

「逃げた……のか？」

俺の一言にようやく時が動き出した。

綾野が後を追って走り出そうとした、その刹那。

「光希さん！　ダメ！」

朝雲さんの裏返った声が響く。その声に綾野の足が止まる。

「行かないで！　ここにいてください！　焼塩さんを追わないで！」

両手の指を組み、祈るように。

「だけど千早。檸檬のやつが」

「だって！　だって私はここにいます！　私、光希さんの彼女です！」

必死で悲痛な訴え。朝雲さんの瞳にこぼれんばかりに涙が溜まる。

綾野は朝雲さんにゆっくりと歩み寄る。一度だけ、焼塩の走り去った方に視線を送ってから。

涙の最初の一粒が流れ落ちる前に、綾野はハンカチで彼女の目元を拭った。

「……ごめん、千早」

「光希さん……」

寄り添う二人の姿を見て、俺はなぜか喪失感に襲われる。

焼塩を追わなきゃいけないのに身体が動かない。

「温水君！　ねえ、檸檬ちゃんはどうするの⁉」

八奈見が俺の肩を揺さぶる。

「そうか……」

「え？　温水君……？」

自分の心を覆う喪失感。その正体に気付いたのだ。

もしかして、綾野が焼塩を追いかけて。

その先にハッピーエンドがあるなんて、そんな期待が心の隅に少しだけ……あった。

朝雲さんの不幸も綾野の気持ちも、全部無視した甘えた妄想だ。

「八奈見さん、焼塩は俺が追いかけるから！」

俺は目の前の光景を置き去りにして走り出す。

ホールを横切り階段を駆け下りる。既に焼塩の姿はない。

そのまま建物の外に駆け出す。

こんなのは俺の柄じゃない。

背景キャラの出番じゃない。

だけど焼塩(やきしお)には、追いかけてくれる主人公はいないのだ。

◇

建物からほど近い、通り沿いのバス停。

息を切らせながらたどり着くと、しゃがみこむ焼塩の姿があった。

ガードレールを挟んだその後ろには、スーパーマーケットの広い駐車場。

見慣れた何気ない風景の中に俺たちはいる。心に鈍い痛みを感じながら隣に並ぶ。

「焼塩、大丈夫か？」

「ぬっくん……？」

膝を抱えたまま、ゆっくりと顔を上げる。泣いたのだろう。少し赤い目。

「あたし……馬鹿だから、やっちゃった……」

焼塩は顔を隠して、手の甲で目元を拭う。

「あっちは問題ないから。焼塩は心配しなくていいぞ」

「ありがと。ゴメンね」

「……俺こそごめん」

「なんでぬっくんが謝るのさ」

焼塩の形だけの笑顔から、俺は思わず目を逸らす。

謝ったのは自分自身の薄情さに対してだ。

なぜなら俺は焼塩が見つからないことを半ば祈っていた。


——ひょっとして綾野が追ってきてくれる。


あいつの中に、そんな小さな細い希望があったに違いない。

どんなに無理でも、すがりたくなる希望。

俺はその希望の灯を消しに来た執行人みたいなものだ。

……片側一車線の県道は混んではいないが、車が途切れることもない。こんな結末を迎えた焼塩の恋物語も、日常の中に簡単に飲み込まれる。

焼塩はようやく立ち上がると、腰に手を当てて身体を伸ばす。

「もう落ち着いたよ。あたし、このままバスで帰るね」

「一緒に帰ろうか」

焼塩は、はっきりと首を横に振る。

「こんな時くらい、一人で反省させてよ」

「じゃあ、せめてバスが来るまで一緒にいてもいいか」

「いいけど。じゃあなにか、お話してよ」

「……話？」

これが噂に聞く女子の無茶振りというやつか。

顔の良い女子は、悪意もなくこんなことを言っては男を惑わすのだ。ネットに書いてあったから間違いない。

「えーと……あの、じゃあ、文芸部の部誌作るって話。焼塩は何を書くか決めたか？」

俺のとっておきの話題に、焼塩は呆れた顔をする。

「ぬっくん。こういう時って笑える話で女の子を元気付けるもんじゃない？」

えぇ……なんで無茶振りされた上にダメ出しまでされてるんだ。

「別に部誌の話でもいいけどさ。あたし、詩でも書こうかなって」

「詩？　焼塩、そんなの書けるんだ」

「あたしだって、少しくらいできるって。むかしむかしあるところに、ってやつ」

「それ、童話じゃないか？」

じゃあそれだ、と言うと焼塩はわざとらしく咳払いをする。

「……むかし、あるところに一人の女の子がいました」

突然話し出す焼塩。驚く俺の顔を見て、笑顔に似た表情を浮かべる。

「走るのが大好きな女の子はある日、一人の男の子に出会いました。その男の子はいつも本ばかり読んでいました」

俺は気付く。この話は焼塩と綾野の物語だ。しばし息をするのも忘れる。

「男の子は女の子に本の話をたくさんしてあげました。二人は仲良くなりましたが、実はその男の子は王子様でした。王子様は大きくなったら、お城に行ってしまいます。女の子も一緒にお城に行きたかったけど、礼儀作法を知らないし、舞踏会のダンスも踊れません」

目の前を大きなトラックが通り過ぎる。

ガタガタと地面を揺らして、乾いた土埃を舞い上げる。

ようやく静かになると、焼塩は何事もなかったかのように話を続ける。

「……悲しむ女の子を見て、王子様は一緒に礼儀作法とダンスの練習をしてくれました。女の子は王子様と一緒にお城に行けるように一生懸命、練習しました。そうして、女の子は王子様と一緒にお城に行くことが出来ました。めでたしめでたし」

俺は黙ったまま続きを待ってみる。

いつまで待っても続きは始まらない。焼塩の語りはこれで終わりだ。

「お城に行った後、王子様と女の子はどうなったんだ?」

「それでおしまい。物語はね、いつだってめでたしめでたしで終わりなの」

豊橋駅行きのバスが、きしむブレーキの音を立てながら目の前に停まる。

エアーが抜ける音をさせながら、バスのドアが開く。焼塩は胸の前で小さく手を振ると、ステップに足をかける。

「先に帰るね。みんなにはゴメンって伝えて」

「お前は本当にそれでいいのか?」

焼塩の足が止まる。俺に背中を向けたまま。

「……それでって、なにが?」

「綾野とのことだ。こんな形の終わりで、お前は」

焼塩は振り返らずに静かに呟く。

「ホントに……いいんだよ」

焼塩は僅かにためらい、ステップの最後の一段を上った。音を立ててドアが閉まる。

俺は動き出したバスを、見えなくなるまでただ見つめていた。

◇

三日後の夜。

自宅の部屋で、俺は机に広げた問題集をろくに解かないまま閉じる。時計を見ると日付がちょうど変わったところだ。

……あれ以降、連絡をしても焼塩からは返事はない。八奈見が知り合いから聞いた話によれば、陸上部も休んでいるらしい。

綾野と朝雲さんも気にして、何度も俺に電話をかけてきた。

事実のみを伝えた中、あの日、焼塩に追いついた後のことは上手く説明できなくて。意外と元気そうだったと伝えただけだ。

夏休みもあと四日。このまま新学期が始まればさすがに学校には来るだろう。

……だけどなんとなく感じる胸の引っ掛かり。

と、机の上に置いたスマホがチカリと光る。

「朝雲さん……？」

届いたのは朝雲さんからのメッセだ。読んだ途端、俺は飛び上がる。

窓から覗くと、小柄な女性の影が家の前を行ったり来たりしている。俺は慌てて着替えて、足音を殺しながら家の外に出る。

門の外で所在なげに立っている小さな人影。朝雲さんだ。

恐る恐る近付くと、朝雲さんは頭を深く下げた。

「……すいません、温水さん。こんな夜分に」

時間を気にしているだけではないだろう、か細い声。

「俺は大丈夫。それよりどうしたの？」

自分で言っておいて白々しさに呆れてしまう。

あの日のことは、もちろん彼女に非はない。綾野を押しとどめたのも、彼女の当然の権利だ。

だけどそれに責任を感じた彼女の落ち込みぶりは綾野から聞いている。

「焼塩さんと連絡は取れましたか……？」

俺は首を横に振る。

「連絡しても返事がない。ＬＩＮＥは既読になってるから、見てはいるみたいだよ」

気休めにもなっていない返答に、朝雲さんは深く俯いたままだ。

「……私の気持ちが中途半端だったせいです」

絞り出すような、掠れた声で朝雲さん。

「中途半端……？」

「身を引いてもいいとか口だけで……。自分が傷付いたり現実と向かい合うのが怖くて、そんなことを言っていたんです」

それは……。俺には分からないけど、付き合っていればそんな心配もあるのだろう。

「きっと誰だって付き合い始めは色々あるんじゃないかな。それを乗り越えて、なんというか……いい具合にフラグとか……差分画像回収とか……。うん、そんな感じで」

すまない朝雲さん。恋愛経験なし、ピュアボーイの俺にはこれ以上の言葉はない。

朝雲さんは首を横に振る。

「そんないいものじゃないんです。二人の姿を見ていると、ずっと不安で……」

「じゃあなんで二人が会うのを止めずに、付け回したりしたんだ？　ちゃんと話をしていれば、こんなことには」

言いかけて口を閉じる。彼女を責めるのは俺の役目ではないし、そんな資格のあるやつはどこにもいない。彼女自身を除いて。

「下手なことを言って嫌われたくないんです。あの日だって、焼塩さんを追う彼を止めるべきではありませんでした」

「あれは朝雲さんは悪くないよ。口を滑らせたのは焼塩が悪いし、綾野は君の側にいるべきだった」

「そうでしょうか？　光希さんは自分の意志で焼塩さんを追いかけようとしました。その意思を捻じ曲げたのは私です」

「君は彼女なんだから、その権利はあるだろ」

「あの二人にも、ちゃんと話をする権利があります。だけど、追いかけたら光希さんがあのまま焼塩さんのところに行ってしまうんじゃないかって。私じゃなくて彼女を選ぶんじゃないかって怖くて。光希さんを止めたのだって、勇気を出して本音を伝えたのではなく、私が彼を信じていなかったからです」

一気に言い切ると、最後にぽつりと呟く。

「……私、疲れちゃいました」

朝雲さんは物憂げに顔を伏せる。

「もし光希さんが焼塩さんのことが好きだというのなら、私は別れるべき――」

「それは違うよ」

彼女の言葉を強く打ち消す。

「でも」

「俺が言うことじゃないかもだけどさ。朝雲さんはいい加減な気持ちで綾野に告白したんじゃないよね」

「はい……」

俺はただ居合わせただけの傍観者だ。

彼女たちの問題に関係はないし、これ以上踏み込むべきではない。でも、一度足を突っ込んだからには――。

「綾野のことはそこまで知らないけど。いい加減な気持ちでそれを受けるようなやつじゃない」

もう少しだけ責任を取らなくちゃいけない。

最後に見た、焼塩の小さな背中が頭をよぎる。

「それに焼塩も同じだけの思いで、綾野への気持ちを抑えているんだ。朝雲さんたちの邪魔をしたくはないって、あいつはそう思ってる」

焼塩の名を聞いて、一瞬、朝雲さんの身体が震える。

「あいつとは同じ文芸部員だしさ。俺は焼塩の味方をしたいから。朝雲さんは別れるとかそんなこと言わないで欲しい」

俺の言葉に、朝雲さんは戸惑い気味に首を傾げる。

「焼塩さんの味方なら……私と光希さんが別れた方が良いのじゃありませんか？　そうしたら焼塩さんは」

「これで朝雲さんたちが別れたら、焼塩は今度こそ本当に傷付くだろ。あいつのことをそんな風に言うのはやめて欲しい」

「！　ごめんなさい……」

彼女は再び顔を伏せる。

ちょっと言い過ぎたか。朝雲さんの肩が細かく震えている。

「……え、いや、ちょっと？　朝雲さん、泣いてるの？」

自宅前、深夜に女子を泣かせている構図。慌てて二階の佳樹の部屋を振り返る。

灯りは付いていない。いやでも、カーテンが揺れているように見えたのは気のせいか……？

「あの、別に君を責めているわけじゃないんだ。ほら涙を」

ポケットを探るがハンカチもティッシュも入っていない。現実ってのはしまらないもんだ。

「とりあえず途中まで送るよ。家は近いの？」

無言でこくりと頷く朝雲さん。

俺は彼女を通りまで送ると、別れ際に告げる。

「あいつのことは俺に任せてくれないか」

……もちろん何か考えがあるわけじゃない。ただ、思いつめたような彼女の姿に、そう言わざるを得なかっただけだ。

朝雲さんは思い出したかのように小さな機械を取り出す。

「ではせめてこれを。GPSの感度は調整済みです」

「……いや、遠慮しとく。というかもう使っちゃダメだからね。約束だよ？」

素直に頷いた彼女と別れると、物思いに耽りながら来た道を戻る。

魔法のような名案なんて思い浮かばないし、そもそもありはしない。

まずは焼塩に連絡を取りつつ、戻ってきた時にあいつとどうやって接するか。

俺の考えをかき消すように、スマホが震えだす。

画面には思いがけない名前——文芸部副部長、月之木古都。

『こんばんは！　温水君、起きてた？』

「あ、はい。起きてましたけど。こんな時間にどうしたんですか」

『それがさ、私の書いた部誌の原稿、慎太郎にボツにされたって話をしたでしょ？』

「はあ、部室でそんなこと言ってましたね」

『ちょっと悔しかったから、全年齢版に直してみたの。温水君、原稿をチェックしてくれない？』

なぜ俺が。いいから受験勉強しててくれ。

「部長に見てもらえばいいじゃないですか」

『そうしたら、またボツを喰らうでしょ？　温水君にチェックしてもらったって言い訳して、ゲリラ的に掲載しようかと思ってね』

俺に何の権限があるというのか。つまりこれって、

「俺に共犯者になれと……？」

返事は沈黙。正解らしい。

「いまちょっとそれどころじゃなくて。送ってくれたら後で目を通しておきます」

通話を切ろうとすると、月之木先輩の声が俺の指を止める。

『待って、本題はこれからよ』

まだなにかあるのか。先輩は何気ない口調で話を続ける。

『焼塩ちゃんのこと、八奈見ちゃんから聞いたよ。大変だったねー』

……焼塩のこと。八奈見の名前も出てきたからには、ここ最近のあいつの話に違いない。

「聞いたって、どこまでですか？」

『全部。浮気未遂から、本人と彼女の前でやらかしちゃった話までぜーんぶ』

俺は深く溜息をつく。

「八奈見さん、そんなことまで先輩に話したんですね」

『誤解しないでね。焼塩ちゃんのことを女子陸上部の部長から頼まれてさ。私が無理に八奈見ちゃんから聞きだしたの』

焼塩は陸上部の若きエースだ。何日も部活を休めば周りが気にかけるのも仕方ない。

だけど八奈見から話を聞いたなら、それこそ俺に用はないのでは。

『明日っていうか、もう今日か。予定空けといてね』

「えーと……先輩、ちょっと話が見えないんですが。今日なにかあるんですか？」

俺の疑問を先輩の明るい声が吹き飛ばす。

『決まってるでしょ。みんなで焼塩ちゃんを迎えに行くよ！』

～３敗目～　振られたことのない者だけが負けヒロインに石を投げなさい

その日の昼前。太陽もすっかり高くなっている。

俺は缶コーヒーの蓋を開けつつ、『道の駅　もっくる新城』と書かれた立て看板を見上げていた。

ここは豊橋から北に車で約５０分、新城市の道の駅。

「なんで俺はこんなところにいるんだ……？」

思わず口にしたのも無理はない。家の前に停まった初心者マーク付きのミニバン。運転席から顔を出した月之木先輩の姿に、俺は全てを諦めた。

車にはすでに八奈見と小鞠が乗っていて、諦めてはいたものの、着の身着のまま市外にまで連れてこられるとは思っていなかった。

新城市は奥三河と呼ばれる三河地方の山間部の入り口で、かつて長篠の合戦があった場所でもある。

その程度の緩い知識しかないが、とにかく俺はいま山の中にいる。

月之木先輩の話によれば、焼塩は新城にある祖母の家に滞在しているらしい。まだまだ先は長いらしく、途中で道の駅に寄ったのだが。

先輩がなかなか出発しようとしないので、俺は看板の前で微糖のコーヒーをチビチビ飲んでいるというわけだ。

「……そういや先輩、小説を送ってきてたな」

読んでおかないと後で面倒だ。俺はメールの添付ファイルをクリックする――。

文芸部活動報告　～夏報　月之木古都(つきのきこと)『眠れる森の文士たち』

柔らかな光が射す森の小道を、和服の男が大儀そうに歩いていた。

男は不機嫌そうに呟(つぶや)く。

「おい小さいの。どこまで歩くんだ」

よく見れば、男の前にはひらひらと宙を舞う小人の姿がある。ムクドリほどの大きさで、背には蜻蛉のような翅が生えている。

小人は何を言うでもなく、その場で大きく弧を描く。男が目を凝らすと、道の前にこじんまりとした洋館が姿を現した。

「ずいぶん洒落たところに住んでやがるな」

男は偽悪ぶって言い捨てると、案内の小人に硬貨を放る。羽の生えた小人は硬貨と一緒に溶けるように消えた。

川端がこの世界に来ている。

太宰は三島からそう聞いても興味が湧かなかった。しかし彼が転生者のまとめ役を任されていると聞いて考えが変わった。

馬車と徒歩で二日の距離。

川端が一日の大半を過ごすという一軒家は、蔦の這う瀟洒な二階建てだ。転生者の顔役が住むというには、いささか小さい。

太宰は待っても女中が出てこないので、扉の呼び鈴を鳴らす。

しばらくして出てきたのは、予想に反して本人だ。取次ぎの言葉を胸に用意していた太宰は言葉に詰まる。

当の川端は「ああ」と言ったきり、太宰をぎょろりとした目で見つめていたが、

「入りなさい。お茶でも出そう」

静かにそう言うと背を向けた。

室内は元の世界の空気を一切感じさせなかった。

部屋は違和感を覚えるほど狭い。せいぜい8畳ほどで、ソファすらない。太宰が案内された

のはテーブルを囲む椅子の一つだ。

川端の服もこの世界のもので、キリスト教の神父を彷彿とさせる格好だ。太宰に背を向け、炊事台の前で茶器の用意をしている。

「今日は女中はいないのですか」

「ここでは必要を感じない。多少の魔法と小妖精を使役すればそれで済む」

太宰が部屋を見回すと、部屋の一角が異彩を放っている。

化学の実験室を思わせるフラスコやビーカーが並んでいるのだ。

「君はニルキーネという草を知っているかね」

川端は背を向けたまま、唐突にそんなことを言い出した。

「初耳です。煎じて飲めば神経衰弱が治りますかね」

太宰の下手な冗談に笑いもせず、川端はティーポットに湯を注ぐ。

「特別な方法で精製すると無味無臭の汁が採れるのだがね。ほんの少しでも飲めばよく眠れるのだよ」

「こちらの世界の睡眠薬ですか」

川端はそれには答えず、ポットとカップをテーブルに並べる。

「どんなに起こそうとしても、決して目を覚まさない。眠り通しで何をされても始めから終わりまで分からないときたものだ」

「実に胡乱な話ですね。僕が言うのもなんですが、飲んでも平気なんですか」

「なに不眠は作家の職業病のようなものだ。カルモチンなぞより余程良い」

言いながらカップにお茶を注ぐ。

太宰の目の前で、薄茶色の液体が湯気を立てながらカップを満たしていく。

「ソリディア高地で採れた茶葉だ。セイロンに似た風味がある」

川端はあふれんばかりに茶を注いだカップを、太宰の前に押し出してくる。太宰は手を伸ばすのをためらった。

その時大きな音を立てて扉が開いた。

小鳥のような笑い声を上げながら、３人の少女が飛び込んでくる。

「せーんせ、今日は遊んでくれないんですか？」

「あー、知らない人がいる！」

「誰ですかー？」

少女らは皆、薄い緑や青の髪色をしていて、一目で人とは違うのが分かる。

「こら、お客さんが来ているんだ。今日は帰りなさい」

川端が一喝すると、少女たちは口々に文句を言いながら、入ってきた時と同じように騒々しく出ていく。

太宰は呆(あき)れながら、彼女らの去った扉を眺める。

「一体あの娘たちは何ですか。エルフとは違うようですが」

「ほう分かるかね」

「立ち振る舞いに品がない。エルフどころか、カッフェの女給の方が余程上等です」

「しかし寝ていれば変わりあるまいよ」

そう言うと、太宰にぎょろ目を向けてくる。

「興を削いだね。さあ、冷める前に飲みたまえ」

「ええ、いただきましょう。ですがその前に聞きたいことがあります」

太宰は形だけカップに手を伸ばすと、すぐに離す。

「あなたが芥川先生の居場所を知っていると聞いたのです。後生ですから僕に教えてはもらえませんか」

川端は黙ったまま太宰を見つめる。太宰は居心地悪く目を逸(そ)らす。

「この世界に来た時に技倆(スキル)なるものをもらってね」

茶の湯気が疎らになった頃だろうか。川端がはぐらかすように話し出す。

「その技倆は『言霊』と言って、私の言葉に同意したが最後、相手はその通りにしてしまうんだ。たとえそのお茶に何が入っていても」

太宰は目を疑った。自分の手が勝手に動き出したのだ。

「川端さん、これは」

「私は飲みたまえと言って、君はいただきますと答えた。『言霊』が発動したのだよ」

自由が利かないのは手だけではない。太宰自身の意思を無視して、カップの茶を流し込まれた喉が胃の腑にそれを流し込む。熱いお茶が喉を焼くが止められない。

太宰は空にしたカップを思い切り床に叩きつけた。早くも薬が効き始めたらしく、身体が重くなる。

「もう少し温くすればよかったかな。だがこのお茶は熱いうちが旨くてね」

「こんなものを飲ませて僕に何をしようというのですか」

「芥川君は誰にも会うまいよ」

川端は茶を一口含むと、冷めた瞳で部屋の壁を眺める。

「そうは言っても君は聞かないだろうからね。体に分かってもらうしかないだろう」

太宰は喉の痛みに喘ぎながら、川端の視線を追う。

時を美しく刻んだ建物の中で、その壁だけが新しい。後で壁と扉を付けたものらしい。

部屋に入った時から感じていた違和感の正体が分かった。

外から見た光景に比べてこの部屋は狭すぎる。不釣り合いに大きな部屋がもう一つ、この扉の奥にあるはずだ。

「さて、そろそろニルキーネが効く頃だ」

「あなたも飲んでいたではないですか」

「カップの方に細工をさせてもらった。この茶は無駄にするにはもったいなくてね」

「なるほど。それなら良かった」

太宰の口元に皮肉な笑みが浮かぶ。

「どういうことだね、太宰君」

「気付きませんでしたか。あの娘たちが騒いでいる時に、カップをすり替えたのです」

川端は目を見開くと、とっさにお茶を床にまく。

「信じてしまいましたか。先生も意外と素直なお方だ」

太宰は身体(からだ)を揺らしながら立ち上がる。さっきまで体を覆っていた倦怠感が消えている。

「どういうことだ。カップを入れ替えたのではないのかね」

「僕の技倆(スキル)は『嘘つき』です。嘘を信じた相手にとって、それが本当になるのです」

川端は鋭い眼光を向けるが、太宰は気にした風もなく微笑を浮かべる。

「入れ替えてなどいない。あなたが飲んだのは僕の嘘というわけだ」

太宰は床に膝をついた川端に歩み寄ると、胸元の紐を乱暴にほどく。

「君はいつぞやの意趣返しをしようというのか」

「今となってはあなたを恨んじゃいませんよ。恩義だってあります」

太宰は川端の小柄な体を抱き上げると、部屋に不似合いな真新しい扉を開ける。

その奥は、真ん中に大きな寝台があるばかりの薄暗い部屋だ。

甘い残り香が鼻をつく。

「なあに、時間はたっぷりあります。芥川先生のことを話したくなるまで、ひとさし舞ってもらいましょう」

◇

読み終えた俺は、晴れ渡った空を仰ぐ。全年齢版とは一体……？

昨今の表現規制について考えながら建物に向かうと、入り口付近のホットスナックコーナーの前で、八奈見が腕組みをして突っ立っている。

「八奈見さん、なにしてるの」

「ああ、温水君。いいところに」

八奈見の視線の先には、焼き立ての五平餅。

五平餅とは潰したご飯をわらじ型にして木の串に刺し、味噌ダレを付けて焼いたものだ。中部地方ではサービスエリアや道の駅の定番である。

「食べたいの？」

「……温水君。私、糖質について考えたの」

「そうか、考えちゃったか」

「ちゃったの。約一万年前、人間が狩猟生活から農耕生活に移ったでしょ。つまりそれは糖質生活への移行でもあるの」

「へえ、そうなんだ。その話、まだ続く?」

八奈見は当然とばかりに頷く。

「それ以降、主食である糖質こそが人類の歴史に大きくかかわっている……人類は糖質の奴隷と言っても過言じゃないわ」

「つまり五平餅を食べたいってことか」

八奈見は首を横に振る。

「私も糖質との向き合い方をもう一度考えるべき時期が来たってこと」

良く分からないけど、恐らくはこういうことか。

「やっぱ素麺の食べ過ぎで太っ——」

「太ってません。八奈見ちゃん一年ぶり十五回目のナイスバディです」

食い気味に煽り返してくる八奈見。

「でも八奈見さん。最近見たテレビだと、農耕開始前から同じくらい炭水化物をとってた説もあるんだってさ」

「え、そうなの?」

「だって狩りだけで全ての食料を調達するのって大変だし。ドングリとか植物性の食べ物も採ったり、保存したりしてたみたいだよ」

　八奈見は腕を組み、じっと考え込む。

「つまり……私は五平餅を食べていいってこと？」

　好きにすればいいと思う。俺は財布を取り出す。

「ちょっと待って、温水君。ひょっとして五平餅買おうとしてない？　間食を控えてる私の前で？」

「八奈見さんの食事制限は知らないけど。久しぶりに食べてみようかなって」

　彼女は横目で俺を見てくる。

「……一口くれるとか、そういうのはあり？」

「五平餅のシェアはちょっと。なんかベチャベチャしそうだし」

「私の口がベチャベチャみたいな言い方止めてくれない？」

「あんま乾いてたら、それはそれで病院行った方が良いよ」

　……なんかこんな話をしていたらすっかり食欲がなくなった。

　俺は五平餅を見つめる八奈見を放って建物の中に入る。

　休憩はこのくらいにして先輩には先を急いでもらおう。俺たちは焼塩に会いにここまで来たのだ。

　先輩は小鞠と並んで、土産物売り場で何やら話し込んでいるようだ。

「やはり梅ジャムは左側じゃない？」

月之木先輩は梅ジャムの瓶を商品棚にコトリと置く。

「い、いや、梅ジャムは……右……」

小鞠がジャムを鹿カレーの右側に並べる。

月之木先輩は軽く握った拳を口に当てながら眉をしかめた。

「鹿カレーは確かに存在感があるけど、左って感じがしないのよね。梅ジャムの酸味が、昔やんちゃしてた感がないかな？」

「そ、そこを、あえて右に回す……世代、交代……」

……こいつらなにやってんだ。

声をかけるのをためらっていると、ようやく俺に気付いた月之木先輩がコホンと咳払い。

「温水君、説明が必要なようね」

「いらないです」

「まあ聞いてちょうだい。世間では腐のモノは鉛筆と消しゴムを見ても受け攻めを考えるとか、そんな偏見が誇張して広まっているわ」

先輩は手の平で目元を覆うと、芝居がかった仕草で首を振る。

「まったく、嘆かわしいことだと思わない？」

「いまやってたのは違うんですか？」

「これはあくまで思考実験。脳トレみたいなものね」

脳トレってこんな邪なもんだっけ。

「私たちにとって新作アニメが発表された時、いかに速やかに最適な組み合わせを生み出せるかが生命線なの。その為に脳のシナプスを常に更新する必要がある……。そうね、運動部の基礎練みたいなものかな。文芸部員として当然の嗜みね」

文芸部、そんな恐ろしいところだったのか。今後の付き合い方を考えないと。

「分かりたくないけど分かりました。で、右とか左とか言ってるのは何なんですか」

「ほら、横書きの文章で書くと、攻め×受けで攻めの方が左側に来るでしょ？　左が攻め、右が受けって意味なの」

小鞠がコクコクと頷く。

「こ、これなら、人前でも、だ、談議が出来る」

出来てもするな。

「それで梅ジャムが受け……じゃない、右なんですね」

「なに言ってるの。梅ジャムは攻めに決まってるわ」

「う、梅ジャムは、受け」

頑なな小鞠の意見に、月之木先輩は目を細めて考え込む。

「じゃあ鹿カレーが攻めなの？　でも辛い物が攻めと言うのも安直じゃ」

お前ら右と左はどうした。人前だぞ。

「で、でも、カレーの刺激は、あ、相手を傷付ける……だ、だからこそ」

小鞠（こまり）の言葉に月之木（つきのき）先輩が感心したように手を叩く。

「なるほど……！　愛し合いたいけど、傷付けてしまうから触れることができない！　なにそれ、滾（たぎ）るじゃない！」

一瞬盛り上がった月之木先輩は、表情を曇らせて唇をかみしめる。

「でも、私の脳は梅ジャムが攻めで固定されてしまったのよ……！」

「そ、それは仕方ない」

頷（うなず）く小鞠。なんなんだこいつらの会話。

「あの、それより先輩、そろそろ出発しませんか？」

二人の腐のモノが俺に粘っこい視線を向けてくる。

「え、なんですか、二人して俺を見て」

「仕方ない。温水（ぬくみず）君、決めてちょうだい」

月之木先輩が俺に頷いて見せる。

「ぬ、温水、決めろ」

小鞠が前髪越し、俺をじろりと見る。

……俺になんの決定権が委ねられたのだ。

「えーと、じゃあ……こんな感じで」

二人の視線にさらされ、俺は適当にパッケージを並べる。

「ここで猪ラーメンを入れてくるか。やるね、温水君」

「じょ、上級者、だな」

あれ、鹿カレーと間違えて別の商品を置いてしまったらしい。

「納得してくれたのなら良かったです。話が済んだのなら早速出発――」

「温水君、ちょっとこっち来て！」

月之木先輩は目を輝かせると、俺を隣の棚まで引っ張っていく。

「なんか漬物も沢山売ってるし、こっちで続きをしようか」

「お、おお……や、山ゴボウ漬け……」

「小鞠ちゃん、初手から攻めるねえ」

「え、えへへ……」

なんか盛り上がる二人の間、俺は目の前に並べられた漬物を虚ろな目で眺める。

あの……早く行きませんか？

◇

俺はミニバンの窓から緑色に茂る山を眺めた。道の駅を出発してから、すでに4時間が経っている。

「ここどこだ……？」

焼塩の所に行くはずが、月之木先輩はちっとも向かってくれない。好き放題に寄り道ばかりしてるうちに、飛ぶように時間が過ぎている。

なにか言わないとこの人、陽が沈むまで山道を走り続けるぞ……。

「先輩、そろそろちゃんと焼塩の所に」

俺の抗議を打ち消すように車がガクンと大きく揺れる。月之木先輩はブレーキを踏みながら力任せにハンドルを回す。

「えーと、曲がるときはウインカーを付けてから、だっけ」

「せ、先輩、それ、ワ、ワイパー、です」

助手席の小鞠が強張った声を出す。

「あれ、こっちのレバーだっけ」

「ま、前、見て……」

免許取り立てらしい微笑ましい光景だ。

実を言うと豊橋を出発してからずっとこの調子なので、後部座席の俺と八奈見はすっかり慣れてしまっている。

常に新鮮なリアクションを続ける小鞠には、さっきから感心しきりである。

月之木先輩がルームミラー越しに視線を送ってくる。

「そういえば温水君、さっきなにか言いかけてなかった？」

「あの、本当に焼塩の所に向かってるんですか」

「今度こそ大丈夫、この辺のはずだから。あなたの先輩を信用しなさいって」

アハハと笑う月之木先輩。

その言葉を信じていたら道の駅に続いて長篠城跡に連れていかれ、次こそはと言われて、気が付けば温泉に浸かっていた。完全に観光だ。正直、俺も満喫している。

「ここまで来たら任せますけど。ドンドン山奥に進んでますよね」

「どうしてだろうね。ちなみに話は変わるけど、このまままっすぐ行くと長野県に着くらしいよ。知ってた？」

「ホントに話、変わってます？　県境越えちゃダメですよ」

さらにツッコもうとした矢先、ガクンと再び車が大きく揺れる。隣でうたた寝してた八奈見が目を覚ます。

「うわ、寝てた。もう着いた？」

「まだだよ。八奈見さんよだれ垂れてる」

「……垂れてないし」

俺が差し出したティッシュで口元を拭う八奈見。

今はよだれ娘より日焼け娘だ。俺は運転席に向かって身を乗り出す。

「そろそろ夕方ですよ。まだ焼塩のところに着かないんですか？」

「心配しないで、そろそろ彼女のお婆さんの家の近くよ。いやー、遠かったわ」

そうなのか。俺はスマホの地図を起動する。

「……ここって道の駅から車で20分くらいの距離なんですけど。あそこから遠いんじゃなかったんですか？」

「温水君のことだから、近いって言えばすぐに向かおうとするでしょ？」

そりゃそうだ。だってその為に来たんだし。

「人生には冗長性が必要よ。早い話が私は遊びたかったの」

「正直なのは評価します。だけど、そもそも今日の目的は……」

「いやいや、そーゆーとこだよ温水君」

八奈見が横から口を挟んでくる。

「そうやって否定ばかりするのが君の悪いとこだよね。私たちは観光して温泉に浸かった。そして美味(おい)しいごはんを食べた。それだけで今日の目的は達したでしょ？」

ドヤ顔の八奈見の頰(ほお)にご飯粒が付いている。

日帰り温泉の食事処でカツ丼を食った八奈見はすっかり上機嫌。お昼寝して、よだれの一つも垂らそうというものだ。

「八奈見さん、今日は焼塩に会いに来たんだろ……？」

「……だよ」

いまの不自然な間。こいつ忘れてたな。

いやちょっと待て。驚いているのが俺だけということは。

「てゆーか、八奈見さんも小鞠も今日の予定は全部知ってたのか？　知らなかったの俺だけ?!」

八奈見と小鞠が無言でニタリと笑う。

「まあまあ、君たち揉めないで。怒りなら私にぶつけなさい。お姉さん、温水君のリアクションが大好物なの」

そう言って笑う月之木先輩。誰のせいだと思っているのか。

だが大好物とまで言われては下手に反応はできない。厄介オタを黙らせるには、供給を断つのが一番効果的だ。

「温水君、今度こそ大丈夫だって。カーナビに焼塩ちゃんのお婆さんちの住所を入れたから」

「それならいいですけど。でもどうやって焼塩の居場所を調べたんですか？　メールやＬＩＮＥの返事もないのに」

「女子陸上部の部長に頼まれたって言ったでしょ。私が生徒会にいた頃にずいぶん世話したから、今でもよく相談を受けててね。一緒に焼塩ちゃんのお母さんに会ってきたの」

……生徒会？　先輩が？　情報が渋滞して全然頭に入ってこないぞ。

「却って疑問が増えましたが横に置いときます。つまり焼塩のお母さんに頼まれて、様子を見に行く感じですか」

「まあ、そんなとこ。彼女のお母さんもお婆さんも、焼塩ちゃんの様子がおかしいのを心配していてね」

月之木先輩はカーナビの画面をチラ見する。

「そろそろ目的地の近くね。みんな感動の再会よ。会った時の第一声は決まった？　泣いた人をからかうのは禁止だからね？」

間もなくカーナビが目的地への到着を告げた。ちょうど道路脇が広くなっていて、月之木先輩はそこに車を停める。

「よーし、ここね。それらしい建物はある？」

「……本当にここなんですか？」

道の両脇はうっそうと茂った木々に囲まれている。八奈見が窓を開けて周りを見回す。

「あそこの看板にタイヤチェーン着脱所って書いてありますよ」

焼塩一族とはいえ、こんなところには住んでないだろ。

後輩たちの視線を集め、月之木先輩はさすがに焦った様子でカーナビをつつく。

「……おかしいわね。聞いてた住所だと、この辺なんだけど」

「焼塩のお母さんに電話したらどうですか？」

「それが自宅の番号を知らないのよ。陸上部の部長なら知ってると思う」

言いながら電話をかけるが、出ないので留守電にメッセージを吹き込む。シートに勢いよく身体を預ける月之木先輩。

「あー……陸上部の部長から連絡があるまでしばらく待機ね。どこか行きたいところある？」

その言葉に八奈見が手を上げる。

「じゃあ、ちょっといいですか。この辺に映えスポットがあるんです」

「いいよ。詳しい場所は分かるかな」

八奈見はスマホの地図を見る。

「えーと……この道をしばらく北に進むと、左手の看板の先に脇道があるそうです」

「よしきた！」

ミニバンはタイヤを鳴らしながら再発進。傾く車体。小鞠が悲鳴を上げる。

八奈見のナビの元、３分もかからず目的地に着いたようだ。車の速度が落ちていく。

「あそこかな。なんか下に行けそうだね」

月之木先輩は車を路肩に寄せる。

そこには川に向かって降りる小さな横道があるが、車では降りられそうにない。

「駐車場はなさそうだし、私は車で待ってるわ。皆で行ってきて」

「いいんですか。先輩一人で留守番してもらって」

「私は連絡待ちしてるわ。それに慎太郎に電話もしないと」

「部長に？」

「……実は今日、あいつに勉強教えてもらう約束をブッチしてきたの。これから言い訳タイムの始まりよ」

なるほど、一人にしてあげたほうが良さそうだ。この人も彼氏には弱いらしい。

先輩を除く三人で横道を下ると川がある。幅は10メートルほどだが、水深は浅めで流れが速い。

俺たちが降りてきた付近は河原が左右からせり出していて、一番狭い箇所にコンクリートで固めた小さな石橋がかかっている。

手すりもない小さな橋は、石の小道と言った方がピッタリきそうだ。

八奈見が俺にスマホを渡してくる。

「温水君、あの橋だよ！　私があそこに立って、温水君が流されるの覚悟で下流から撮れば映え画像が撮れるから」

「八奈見さんのスマホごと流されて良ければ」

「保険入ってるし大丈夫」

そうか。俺も学資保険入ってるから大丈夫。

八奈見は石橋に乗ると笑顔でダブルピースのポーズをとる。

「はい温水君、写真撮って」

幸いにも河原から撮れそうなので、下流に回り込んでスマホを構える。

ギリギリで足元を切ると、まるで川の中に立ってるみたいに見える。確かに写真映えしそうだ。

「なあ、小鞠も折角だから一緒に写真を」

小鞠の姿を探すと、しゃがんで岩の隙間を覗き込んでいる。

「なにやってんだ？」

「さ、沢ガニ、いた」

ほう、沢ガニ。俄然興味を覚えた俺は小鞠の隣にしゃがみ込む。

「どこだ？　ここの隙間か？」

「そ、そう……あ、あまりしゃべるな。出てこなく、なる」

もっともだ。俺は黙って岩の隙間を覗き込む。……あ、なんか奥の方で動いたな。

ワクワクしながら見守っていると、カチンと乾いた音がする。

カチン？　カニってそんな音をたてたっけ……？

息をひそめて黙っていると、今度は足元に何かがぶつかる音がする。

　不思議に思って振り向くと、八奈見が橋の上から大きく振りかぶって――俺に石を投げてきた。

「うわ、危な！　なんで石投げてくるんだよ⁈」

「なんでもなにも、人にポーズ取らせといてどういうつもり⁉　一人で浮かれた格好して、私ただの馬鹿じゃん！」

　本気で忘れてた。これは負けヒロインに石を投げられても仕方ない。

「八奈見さんごめん。沢ガニに夢中で完全に忘れてた。俺のミスだ」

「えっ、目の前でポーズまで取っててそんなことある……？　沢ガニってそんなに魅力的なの……？」

　だってあいつハサミとかあってカッコいいし。

　とはいえ、また石を投げられてはたまらない。俺は八奈見をなだめすかして写真を撮る。

「温水君、ちゃんと撮れた？　私、カニより映えてる？」

「うん、映えてる映えてる」

「温水君、なんか棒読みだよね。あ、小鞠ちゃんも一緒に撮る？」

　急に声をかけられた小鞠がビクリと震える。

「うぇ……？　わ、私は、いい。カニ、見てる」

「小鞠ちゃんもカニか……みんなカニがそんなにいいの？　美味(おい)しいから？」

みんな美味しい以外の基準も持ってるぞ。

「ほら、八奈見さん機嫌直して。動画も撮ろうか動画」

「お、いいね。温水君も分かってきたじゃん」

いつの間にか俺、分かってたのか。気を付けないと。

俺は無感動に八奈見の動画を撮りつつ、周りの風景を眺める。

焼塩祖母の家はこのすぐ近くらしい。山の中に住む焼塩の先々代とは、どんな人なのだろう。

……ん？　八奈見のやつ、動画だというのになんかジッとしてるな。

「どうして動かないんだ？」

八奈見はソワソワと髪を撫で付ける。

「改めて動けと言われると、どうしていいか分かんなくてさ。なんか歌おうと思ったけど、歌詞分かんないし」

「童謡とかならいけるんじゃない？　ゾウさんとか」

「なんか可哀想な感じにならない？　大丈夫？」

多分大丈夫じゃない。

結局、八奈見が手を振るだけの実につまらない動画を撮っていると、ひょこりと画面の端に人影が現れた。

ショートカットに包まれた小さな顔、日に焼けた長い手足。

俺たちが会いに来た相手……焼塩だ。

「……！」

思わず声を上げそうになる俺に向かって、焼塩は悪戯(いたずら)っぽい笑顔で口の前に人差し指を立てる。黙ってて、ということらしい。

焼塩はこっそりと八奈見に忍び寄る。様子のおかしい俺を見て、八奈見が首を傾(かし)げる。

「温水君どうしたの？　タラバガニでも出た？　ズワイ？」

ジリジリと距離を詰めた焼塩が、八奈見に向かってゆっくりと腕を広げる。

「えーと、もうちょいレア物が」

「マジで!?　毛ガニ？」

八奈見が勢い良くしゃがみ込もうとした瞬間に、焼塩が抱きついた結果。

「……あ」

背負い投げの体勢で、二人が川に突っ込んだ。響く悲鳴。

……これ、俺は悪くないよな？　あの二人が勝手に落ちただけだし。

証拠映像は撮ってあるし、万が一の時にも疑いはかからないはずだ。

俺は録画の停止ボタンを押すと、柔道の階級制のことを思いながら二人を引き上げに向かった。

◇

猫足のソファに深く身を埋めて、高い吹き抜けの天井を眺める。

ここは焼塩の祖母宅。川に落ちた焼塩に連れられて、俺たち全員で上がり込んだのだ。

集落から奥に入った一軒家。予想に反して二階建ての洋風建築。焼塩の話によれば、売りに出されていた別荘を改築したらしい。

祖父は仕事で海外にいるため、祖母はここに一人で住んでいるとのことだ。当の祖母本人は買い物に出ているらしい。

吹き抜けに面した二階の廊下沿いに扉が並んでいて、部屋数も多い。室内の調度品はシンプルだが、棚の上には所狭しと英語の書籍が並んでいる。

八奈見と焼塩は風呂に入っている。大きなソファに埋もれるように座る小鞠を横目に、マッサージ椅子に揺らされている月之木先輩に歩み寄る。

「先輩、ちょっといいですか」

「なにかね後輩。私は今、凝った身体をほぐされて……うあぁ、これは……骨盤があるべき場所に……収まっていく……」

恍惚とした表情の月之木先輩。

俺は脱衣所の扉を見る。八奈見たちはまだ出てこない。

「骨盤はともかく。焼塩に会えたのはいいですけど、これからどうしましょう」

「どうしましょうって？　焼塩ちゃん元気そうだし良かったじゃない。おおぉぉぉ……」

椅子に背中を叩かれて、ぶるぶると震える月之木先輩。

「だからですよ。分かりやすく落ち込んでたらいいんですけど、あんな風に元気にしてたら、却ってなにも言えないかなって」

そう、さっきのモノマネ番組的な登場から一貫して、焼塩はやたらハイテンションなのだ。だからといって、その通りに捉えるほどあいつを知らないわけではない。

「何でもすぐに解決を急ぐのは君の悪い癖だね」

「はあ……」

「カラ元気も元気のうちよ。まずは彼女に寄り添ってあげなさい」

エアーの抜ける音をさせながらマッサージ椅子が動きを止める。

椅子から降りた月之木先輩が、うたた寝をしている小鞠の肩をゆする。

「はい、小鞠ちゃん空いたよ。次どうぞ」

「ふぁっ?!　わ、私、別に肩こって、ない……」

「まあまあ、ちょっと後学のために揉まれとこうか。はい、こっちいらっしゃい」

強引にマッサージ椅子に座らされた小鞠が、裏返った悲鳴を上げる。相変わらずこいつは悲鳴だけは可愛いな。

「お、みんな乗ってるね。その椅子いいでしょ？　あたしも毎日乗ってるよー」

焼塩がタオルで髪を拭きながら戻ってきた。タンクトップにショートパンツの簡単な服装が良く似合う。

「焼塩、怪我とかはなかったか」

「大丈夫だって。だけどまさか川に落ちるとは思わなかったな。八奈ちゃん思ったより重――」

「檸檬ちゃん、いまなんか言ったたっ⁉」

脱衣所から八奈見の声が響く。

「言ってないよ！　言いかけただけー！」

「言ってんじゃゃん！　それはそうとちょっと檸檬ちゃん、こっそりこっち来て！」

「なんか足んなかった？」

こっそりというには声がデカい。

脱衣所で何やら話していた焼塩は、小走りで戻ってくると八奈見の白いカバンを手に取る。

「八奈見さん、どうかしたのか？　まさか怪我とか」

焼塩は顔の前でパタパタと手を振る。

「違う違う。なんか八奈ちゃん、あたしの服じゃサイズが――」

「檸檬ちゃん！　秘密って言わなかったっけ⁈」

「ごめーん、忘れてた。でもぬっくんだし、大丈夫でしょ？」

なってくる。

「まあそうだけど！」

大丈夫なのかよ。

……二人のやり取りを聞いていると、四日前の出来事が本当にあったのか自信が持てなくなってくる。

なにもなかったことにして、いつも通り。そんな感じで過ごせたらいいのに。

ソファに背中を預けてそんなことを考えていると、焼塩が隣に腰掛けてくる。

シャンプーと石鹸（せっけん）、そして微かに混じるシトラスの香り。

「ぬっくん、なんであんなとこにいたの？」

「偶然……この辺に遊びに来ててさ。驚いたな、ひょっこり焼塩が出てきて」

「なにそれ。あたし、タヌキかなんかみたいじゃん」

言って軽く笑い合う。ふと訪れた沈黙を焼塩の静かな声が破る。

「嘘でしょ、ぬっくん。ママに聞いたの？」

「え？　いや、その……」

「ありがとね、気を使ってもらって」

表情をうかがう間もなく、突然立ち上がる焼塩。

玄関に繋がる扉が開いて、一人の老婦人が入ってきた。

「ただいま、檸檬。お客さんかい」

白髪混じりの髪は相応の年を感じさせるが、自然と背筋の伸びた立ち姿は見る者の目を惹く。皺があっても損なわれない端整な顔立ち。若い頃は相当な美人だったに違いない。誰かを確かめるまでもなく、焼塩の祖母だ。

「お婆ちゃん！　お帰り！」

焼塩は駆け寄ると、祖母の買い物バッグを受け取る。

「学校の友達がこの辺に来ててさ、水に濡れちゃったから上がってもらったの」

「檸檬、また川遊びかい？　お友達に迷惑かけたんじゃないだろうね」

「大丈夫だって、ちょっと一緒に川に落ちたけど」

口を開きかけた祖母に、月之木先輩が歩み寄る。

「お邪魔しています。私たち檸檬さんの学校の文芸部の者です。急に押しかけてすみません」

「あら、いらっしゃい。良く来てくれたわね。川に落ちたお友達は大丈夫？」

祖母の差し出した手を握り返す月之木先輩。

「はい、お風呂を貸してもらっています。檸檬さんに助けられました」

「そう言ってもらえて助かるわ。この子が無理言って連れて来たんじゃないの？」

言ってチラリと孫に視線を送る。焼塩は肩を竦めて舌を出す。

「檸檬ちゃーん、お風呂上がりにアイスがあるって言ってたけど」

肩にタオルをかけた八奈見が、桜色に火照らせた頬で脱衣所から姿を現わす。

と、焼塩の祖母の姿に慌ててピンと背筋を伸ばす。

「あ、お邪魔してます！　私、檸檬さんのクラスメイトで」

「はい、いらっしゃい。ごめんね、うちの孫が失礼したみたいで。檸檬、お茶はお出ししたの？」

「はいはーい、いま出すね。お婆ちゃん、アイスもらうよー」

焼塩は祖母と並んでキッチンに向かう。

……なんだろう。焼塩の祖母なのに普通にちゃんとしている。

二人の背中を眺めている俺の隣に、八奈見がドサリと座ってくる。

鼻をくすぐる甘い香り。同じシャンプーと石鹸を使っているはずなのに、何故こんなに匂いが違うのだろう。

「なんかお風呂で聞いたんだけどさ。檸檬ちゃんのお婆さん、大学の教授だったんだって」

ってことは焼塩は……元大学教授の孫？

「なのになんであんな感じに……？」

「なんでだろ……」

焼塩が祖母と一緒に、麦茶とアイスを乗せたお盆を持って戻ってくる。

「みんなゆっくりしていってちょうだい。良ければ夕食をあがっていきなさいな」

夕飯をごちそうになるのは予定のうちなのだろうか。判断に迷っていると、焼塩の祖母はポンと手を叩く。

「そうだ、折角だからお寿司でもとろうか。みんな苦手なものはない？」

「そこまでご迷惑をおかけするわけには……モガッ?!」

社交辞令で言いかけた俺の顔に、クッションが押し付けられる。

「はい！　何でも食べられます！」

八奈見は体重をかけて俺をソファに押し倒しながら、明るい声で答える。

「ちょ、ちょっと八奈見さん、息が……！」

「温水君はちょっと黙ってようか？」

……15歳で強引に女の子に押し倒された。将来、どこかで自慢しようと思います。

◇

山の日暮れは早い。傾いた陽が山際に隠れると、途端に空を夜が覆う。

俺はテーブルを囲みながら、天窓越しの夜空を見上げる。

今日は月が出ているけど、それでも星が良く見える。

「温水君、食べないの？　早く食べないとなくなっちゃうよ」

センチな物思いを破る八奈見の楽しそうな声。八奈見はアナゴの握りを口に入れると、頬を押さえながら身を震わせる。

「身がフワフワで美味しい！　あ、ガリ貰っていいですか？」

　八奈見は寿司桶からガリの山を皿に移すと、その半分を口に放り込む。

「糖質カットは止めたのか？　寿司って米が多いじゃん」

「間食を控えてるだけだよ。いい？　美容のためには糖質と脂質を含めたバランスの取れた食事が大切なの……って、温水君。お寿司一口で食べらんないの？」

　なんで寿司の食べ方を突っ込まれているのか。俺は気に留めず、半分に分けた玉子の握りを口に入れる。

「口一杯に頬張ると食べるのに疲れるじゃん。なんというか休み休み食べないと」

「食べて……疲れる……？」

　八奈見は本気で不思議そうな顔をする。

　やれやれ、これならどうだ。俺は助六の入った桶を八奈見の前に置く。

「ほら、太巻きとかなら分かるだろ？　1個が大きいから一口じゃ」

「ん？　なにこれ、食べていいの？」

　言い終わる頃には太巻きを一つ、口の中に放り込んでいる。

　呆れるよりもその食べっぷりに思わず見惚れる。あ、もう飲み込んだ。

「一口……で食べた方が良いかもな。俺、もう少し頑張るよ」

「良く分かんないけど頑張って。あ、ハマチもう1個食べていいですか？」

八奈見はハマチを口に放り込む。

寿司桶の空白率、八奈見の付近だけやたらと高いな……。

「小鞠も早く食べた方が良いぞ。思った以上に寿司の減りが早い」

小鞠はといえば、さっきからイクラの軍艦巻きを眺めながら固まっている。

「イ、イクラ……は、初めてだから……少し、怖い……」

なるほど。女の子の初めてなら大切にした方が良い。そっとしておこう。

俺は赤だしをすすりながら皆の様子をうかがう。

焼塩の祖母と月之木先輩は意外と気が合うらしく、料理の話題で盛り上がっている。

先輩の口から『花嫁修業』という単語が時折漏れるが、こないだ部室で言っていた永久就職って本気じゃないだろうな……？

焼塩は高そうなネタを選んで小鞠の皿に乗せている。

「はい、小鞠ちゃん。これ食べなよ」

「ウ、ウニと……キ、キノコ？」

「アワビだよ。フニフニして美味しいよ」

「おお……ど、どっちも、食べたこと、ない」

小鞠の初めてが次々と奪われていく。ひと夏の経験というやつだ。

そんなこんなで俺は握り6貫と稲荷寿司1個で寿司は打ち止め。匙で茶碗蒸しをすくいながら、焼塩の様子をうかがう。

……結局、焼塩とはちゃんと話が出来ていない。あいつの祖母もいる前で、こないだの話をするわけにもいかないし。

俺の視線に気付いた焼塩が、赤だしの椀をテーブルに置く。

「ぬっくんどうしたの？　さっきからこっち見て」

「あ、いや、いつ戻ってくるのかなって」

「まだ決めてないけど、始業式の前日までこっちにいてもいいかなって。あ、ちゃんと学校は行くからね？」

焼塩は静かにお椀の蓋を閉じると、ニコリと笑う。

……まあ、今日の所はここまでか。俺は茶碗蒸しを食べ終えると手を合わせる。

焼塩のやつ、ちゃんと話は出来るし食欲もありそうだ。幸いにも綾野や朝雲さんとクラスは違うから、新学期が始まれば少しずつ落ち着くだろう。

別に全てを解決する必要はない。現実はゲームや小説ではないから、答えがあるかも分からない。誰だってモヤモヤした気持ちを抱えたまま生きている。

八奈見の言葉を借りれば、俺たちは焼塩を心配して気遣っている。それさえ伝わればいいのだろう。少なくとも、今は。

◇

すっかり外は暗くなった。

八奈見の前の助六の桶はいつの間にか空になっていて、小鞠は初めてのウニの味に目を丸くしている。そして月之木先輩は、まだ焼塩の祖母と話し込んでいる。

「でもお婆さん、一人で山の中で暮らして寂しくないですか？」

「いまはネットもあるし、不自由ないわ。こうして孫もお客さんを連れてきてくれるしね」

手を伸ばして焼塩の頭を撫でる。嬉しそうに照れ笑いをする焼塩。頃合いと見て俺は先輩に声をかける。

「そういえば先輩、帰りは大丈夫ですか？　外は結構暗いですよ」

「来た道だし問題ないわ。温水君は心配性だね」

お茶を片手に上機嫌に笑う月之木先輩。

昼間の様子を思い出すと心配しかないが、この人の運転で帰る他ない。

覚悟を決めながらお茶を飲んでいると、焼塩が突然、名案とばかりに声を上げる。

「ねえ、みんな泊まっていきなよ！　部屋はたくさんあるし！」

一瞬途切れた会話を、俺が受ける。

「気持ちは嬉しいけど。みんな着替えとか持ってきてないし」

……あれ、ちょっと待て。俺は記憶を掘り起こす。

川に落ちた後、八奈見は新しい服に着替えてたよな。そういえば俺以外は全員、大きめのカバンを持ってきている。俺は月之木先輩の顔を見る。

「……先輩、ひょっとして今日って最初から泊まるつもりだったんですか？」

「流れで泊まることもあるから、念のため着替え持ってきてって言ったでしょ」

こともなげに言う月之木先輩。一瞬遅れて、なにかを思い出したように目をしばたかせる。

「あれ、温水君には言ってなかったっけ」

めっちゃ初耳だ。そういやこの人って、こういう人だった。

「俺、手ぶらですよ？　それに急に泊まるとか言っても迷惑でしょうし」

そう、四人も泊めるとなれば準備だって大変なのだ。

焼塩の祖母もきっと困っているに違いない。

「あら、いいじゃない！　みんな泊ってくれたら嬉しいわ！」

笑顔で手を合わせる焼塩の祖母。

……そういえば、焼塩母にこの場所を聞いたのだ。俺たちが来るのを知っているのは当然だ。泊まることも想定してたのかもしれない。

俺はおずおずと手を上げる。

「あの……自分、着替えもなにもなくて」

「お婆ちゃんに任せておきなさい」

焼塩の祖母は心配するなとばかりに親指を立てる。

つられて焼塩と八奈見、月之木先輩まで真似をして親指を立てる。

小鞠も周りをキョロキョロ見回してから、おずおずと親指を立てた。

……小鞠さえやっているのだ。

是非もない。俺は諦めて親指を立てた。

◇

焼塩の祖母に案内されたのは二階の一室。

天井まで伸びた書棚にはぎっしりと本が詰まっているが、いわゆる工学系の本で日本語の本も多く混じっている。

「ちょっと散らかってるけど、今日はここに泊まってちょうだい。旦那はずっと海外だし、遠慮しないで」

言いながら、綺麗に畳まれたパジャマと新品の下着を渡してくる。

「歯ブラシも後で出してあげるわ。他に必要なものはない？」

「いえ、大丈夫です。どうもありがとうございます……」

思わず言葉の切れが悪くなる。知人の祖母とはいえ、初対面の人にこれだけ親切にされるとどうも座りが悪い。

そんな俺の気持ちに気付いたわけではあるまいが、焼塩の祖母は突然頭を下げる。

「無理に泊まってもらってごめんなさいね」

「え？　あの、そんな謝られるようなことは」

「みんな、檸檬(れもん)を心配して来てくれたんでしょう？」

「まあ……そんなとこではありますが」

「檸檬に何かあったのは分かるけど。家族だからこそ聞けないことや言えないことってあるから。来てくれて良かったわ」

そう言うと、小さな子供でも見るような目を向けてくる。

「温水(ぬくみず)君だったわね。檸檬から聞いてたイメージとは少し違うけど、お婆ちゃん応援するから頑張ってね」

「……はい？」

俺は何を応援されたのか。

「聞いてたってことは、彼女が自分の話をしてたんですか？」

「ええ、昔からなにかと君の話を聞かされてたの。まさかこんなに早く会えるなんてね」

なんかおかしな話になってるぞ。昔から？　焼塩が俺の話を？

「えっと、待って下さい。自分は檸檬さんの彼氏とかじゃないんですけど。話をするようになったのも最近ですし」

「……そうなのかい？」

俺はこくりとうなずく。

「多分ですけど。お婆さんが『聞いていた人』と自分は別の人で……彼と色々あったから、お孫さんが急にここに来たんじゃないのかな、と」

綾野の顔を思い浮かべながら、慎重に言葉を選ぶ。

焼塩の祖母はしばらく考えてから、重々しく尋ねてくる。

「温水君の言っているその人は檸檬の彼氏……ではないの？」

俺は黙って首を横に振る。部屋に気まずい沈黙が訪れる。

「……事情は分かったわ。なおさら悪かったわね、檸檬をこんなに気にかけてもらって」

「あー、いえ。俺たちもある意味、関係者みたいなものなので」

こんな無関係な関係者もあるまいが、いまさら言っても詮無きことだ。

「それで、君の方はどうなの」

……なんの話？　戸惑う俺に、意味ありげな視線が向けられる。

「檸檬、祖母の私から見ても相当可愛いと思うんだけどね」

「はあ、そうですね。学校でも人気があるみたいです」

素直に同意する俺に向かって、お婆さんは孫を彷彿とさせる大きな目でウインクする。

「そうね、君も急いだ方がいいかもね」

「え、なんのことですか？」

お婆さんはそれには答えず、口元に笑みを浮かべながら部屋の扉を開ける。

「どちらにせよ、お客様は大歓迎。ゆっくりしていってね」

◇

夕食は八奈見の完封勝利で幕を閉じた。

皆疲れていたのだろう。後片付けも早々に寝支度をすることになった。

最後に食べ過ぎてソファに転がっていた八奈見が寝室に引き上げて、にぎやかだったリビングもすっかり静まり返った。

「八奈見も腹一杯になるんだな……」

ラノベとかなら、強キャラがたまに見せる弱みにギャップ萌えする案件だ。

食いしん坊キャラが食べ過ぎで唸っているのに萌えは……あるのだろうか。少なくとも俺にはない。

俺はベッドに横たわり、天井を見つめる。

ごちゃごちゃする頭の中を整理する気力もなく、横になっているうちに俺は眠りに落ちた。

……どのくらい寝たのだろう。

暗がりに薄っすら見える時計によれば、日付はとっくに変わっているようだ。

喉の渇きを覚えた俺は部屋を出て一階に向かう。冷蔵庫の飲み物は自由に飲んでいいと言われているので、ここはお言葉に甘えさせてもらおう。

ミネラルウォーターをもらって戻ろうとすると、暗いリビングのソファに誰かがいるのに気付いた。

「……八奈見さん？」

「あれ、温水君。まだ起きてたの？」

いつも通りの明るい声。すでに八奈見の胃は寿司に勝利したらしい。

俺は少し迷ってからソファの向かいに腰を掛ける。

「ちょっと喉が渇いて。焼塩はもう寝たのか？」

女子は全員で同じ部屋に寝ていたはずだ。

「なんかさっき、ちょっと走ってくるって出ていったよ」

「こんな時間に？」

俺は思わず腰を浮かせかけたが、すぐに思い直す。

迎えに行こうにも、土地勘もないし迷うだけだ。諦めてペットボトルの蓋を開ける。

「私もそれで、ちょっと眼が冴えちゃって」

八奈見は両手を上げて伸びをする。

俺は耳を澄まし、人の気配がしないことを確認する。

「八奈見さん。こないだのこと、焼塩と話をした？」

「うっかり告白しちゃった件？」

俺が頷くと、八奈見は首を横に振る。

「そうか。まあ確かに言い出しにくいことだけどさ」

「んー、それもあるけど。なんか、良くないこと言っちゃいそうで」

良くないこと……？

「檸檬ちゃん一人が悪者にされちゃうのが嫌だから、私この件に首を突っ込んだんだけどさ。でも、なんて言うか、つまりね――」

八奈見は言葉を探すように、暗く高い天井を見上げる。

「……今回のこと、誰もそんなに応援できないの」

「応援できない？」

八奈見は真面目な口調で話し出す。

「朝雲さんはさ、付き合い始めで不安なのは分かるよ？　彼氏と檸檬ちゃんが自分よりずっと仲良さそうで。自分といる時とは全然違う顔してて」

神経質そうに指を何度も組み替えながら、言葉を続ける八奈見。

「でも仕方ないじゃん。彼氏と檸檬ちゃんにはそれまで積み重ねてきた思い出があって、時間があって、それでも好きになったんだから。不安なら彼氏と話し合うべきで、中途半端に二人の仲を試そうとするのは違うと思う。絶対」

八奈見は深呼吸をして目を閉じる。

「例えばだけど。私たちの話で言えば、華恋ちゃんもきっと付き合いだして不安になることがあったと思うの。草介と一緒にいたら、どこかで私の影を感じることもあるはずだし」

……私の影。俺はその言葉を頭の中で繰り返す。

「えっ、ひょっとして八奈見さん、スト――」

「そんなわけないでしょ!?」

八奈見は呆れたように溜息をつく。

「そういうとこだよ温水君……。だからぁ、家に遊びに行った時のおばさんの反応とか、男子が行かないような店に慣れてたりとか。その相手が私だって、華恋ちゃんも分かっちゃうでしょ？　それにさ、部屋の中に似合わない物が1個あるだけで不安になったりするじゃん。実際、私があげたものとか、一緒に買いに行ったものとかあるわけだし」

まあ、根こそぎ片付けられてる可能性が無きにしもあらずだが。

八奈見は何かに気付いた様に眉をしかめる。

「……あれ？　二人はそんな段階はとっくに通り過ぎてるのかな……？　ていうか絶対とっくに通り過ぎてるよ。うわ、夜中になに考えてんだ私」

まずい、八奈見が負のスパイラルに落ち込んだぞ。

「大丈夫？　角砂糖とかもらってこようか？」

返事はない。ブツブツと素数を数える八奈見の低い声。

「あの……八奈見さん？」

八奈見はパン、と膝を叩く。

「よし、越えた！　もう大丈夫！」

良かった。越えたようだ。

「どこまで話したっけ。うん、華恋ちゃんは草介を試したりしないし、私を巻き込んだり……は少しあったかもしんないけど。それって彼女なりに気を使ってくれたからだし。朝雲さんみたいなことは絶対に」

「それは彼氏の側の問題もあるんじゃないか？」

俺は強引に口を挟む。

……さほど考えがあって割り込んだわけではない。

なんとなくだが、八奈見にこれ以上言わせたくない。そんな理屈の通らない衝動だ。

話の腰を折られた八奈見は、納得がいかないように口を尖らせる。

「それはそうだけど……」

「綾野が悪いやつじゃないのは俺でも分かる。でも鈍感だからって、人を不安にさせていいわけじゃないと思う。あれじゃ朝雲さんが不安になるのは当然だろ？」

「けど、朝雲さんって」

「それ以上はやめようよ」

俺は思わず手を上げる。怪訝そうに眉をしかめる八奈見。

「さっきからどうしたの？　温水君」

「いや、その。八奈見さんには他の人を悪く言って欲しくないっていうか」

俺は一体なに言ってんだ。我ながら少しキモイ。

「ごめん、勝手に変なこと言って。でも悪口は俺に任せて、八奈見さんは」

「はい、分かった！」

八奈見は勢いよく立ち上がる。

「んじゃ、これで最後ね！　檸檬ちゃんは気持ちを全然隠しきれてないし！　事故って言っちゃうくらいなら、もう一年早く言っとけば良かったんだよ！」

お前がそれ言うか。ヒートアップした八奈見の『これで最後』はまだ続く。

「朝雲さんも綾野君も、好き同士ならちゃんと話をして不安を解消してよね！　ホント、三人とも全員ダメダメなんだよ！　反省してもらわないと！」

一気に言い切った八奈見は大きく息を吐く。

「はい、これで終わり！　これからはいい子の八奈見ちゃんです！」

「お、おう。お帰り、いい子の八奈見さん」

……とはいえ、言い方はアレだが八奈見の言う通りだ。

綾野と朝雲さん。結局はあの二人でちゃんと話し合うべき事なのだ。

それに好き好んで巻き込まれた焼塩は脇が甘かったし、巻き込んだ綾野たちは周りが見えていなかった。

「だけどさ、私は檸檬ちゃんの友達だから。きっと彼女と、いま話したらこう言っちゃうの」

いい子の八奈見はそこまで言って、言葉を切る。

「……なんて言うんだ？」

続きを促すと、八奈見は今まで俺に見せたことのない顔をする。

「付き合っちゃえばいいじゃん、って」

暗い部屋の中。始めて見る八奈見の表情。俺は八奈見から目が離せなくなる。

「取っちゃえばいいんだよ。朝雲さんが身を引いても構わないって言ってるんだから」

「でも、そんなこと」

「檸檬ちゃんは望まないんだよね。納得は出来ないけど、それが正しいのは私にも分かるよ」

八奈見はいつものようなフニャリとした笑顔に戻ると、ソファに座る。

……俺は間を繋ぐようにペットボトルの水をあおる。

こんな時、俺は八奈見と自分の差を感じる。

八奈見は負けたとはいえちゃんと恋をして。沢山の人と関わって、自分の意見を物怖じせずに口に出す。時折、彼女と向き合う自分がひどく子供のような、焦燥に似た感覚を覚える。

「……俺、ちょっと散歩してこようかな」

「こんな時間に？」

「なんか月も綺麗だし。少し歩こうかなって」

言葉に遅れて、自分の気持ちもボンヤリと定まってくる。

……前に焼塩を追いかけた時は何もすることができなかった。バスに乗り込む寂し気な彼女の後ろ姿を、今でもはっきりと覚えている。

何も言わずに俺をじっと見つめていた八奈見が、静かに話し出す。

「……ここに来た一本道を下りたとこに神社があるんだよ」

「それがどうしたんだ」

「檸檬ちゃん、考え事をしたい時にそこに行くんだって」

八奈見は眠そうに目をこする。俺は照れ隠しに視線を逸らす。

「……別に焼塩を探しに行くわけじゃないし」

「ふうん。じゃあ私が行こうかな」

八奈見は面白がるような、煽るような笑顔を向けてくる。

「それで、檸檬ちゃんを私みたいな悪い子にしてこよっか」

「……それは勘弁してくれ」

悪い子はもう間に合っている。俺は諦めて立ち上がった。

◇

月の明かりに照らされた砂利道を下っていく。

俺はシャツの袖を摘まむ。一度部屋に戻って昼間の服装に着替えたのだ。一度脱いだ服に袖を通すのは抵抗があるが、パジャマ姿で真面目な話をするのは、どうもしまらない。

「焼塩のやつ、ホントにこの先にいるんだろうな……」

外灯もない山道は、月明かりの届かない木影に入ると自分の靴さえろくに見えない。

しばらくして舗装された道に出る。バッテリーの残量を気にしながら、スマホの地図を起動する。神社はこの先のようだ。

道から外れて境内に向かっていると、目の前が開ける。

そこは大きなヒノキが何本もそびえ立っている空間。

雲が月を隠したのか、辺りが深い闇に包まれる。動けずにその場に立ち尽くしていると、

——ザッ

地面を蹴る音が微かに聞こえてきた。

音のする方を向いてしばらく待っていると、雲が切れ、月明かりがヒノキの林に差し掛かる。

そこには人影が一つ。

——ザッ

地面を蹴り、走り出したのは焼塩だ。

すぐに止まると、両手で髪をかき上げる。

飛び散った汗が、月光の中をきらめきながら舞っている。


——綺麗だな。

俺はそれ以外なにも考えられず、目の前の光景をただ見つめていた。

焼塩は元いた場所に戻り、もう一度構えて走りだしてはすぐに止まる。

ひたすらにそれを繰り返す。

何度それを見た頃だろう。焼塩の瞳が俺の方を向いているのに気付く。

風景画の中の人物が自分を見ているような、不思議な気分になる。

「あれ、ぬっくんじゃん。こんな遅くにどうしたの？」

いつもの気安い口調でそう言うと、手櫛で髪を直す。

「焼塩が走りに出たって聞いたから、ちょっと気になって」

「丁度良かった、スタートの練習してたの。タイム計ってよ」

焼塩はストップウォッチを放り投げてくる。お手玉しながらなんとか受け止める。

「んじゃ、お願いね。スタートしてから、この木を通り過ぎるまでを計って」

「ああ、分かった」

たった５ｍほどの距離。スタートして、止まる。その繰り返しだ。

「タイム何秒だった？」

「えっと、１秒ジャスト？」

「さっきと全然違うじゃん。ちゃんと計れてる？」

「ちゃんと計ってるって。コンマ０秒とか、人間が正確に測れる範囲じゃないだけだって」

「いやいや、せめてもう一桁は頑張ってよ」

焼塩は笑いながらTシャツの裾をまくって顔の汗を拭う。日に焼けたお腹があらわになるが、彼女は気にした様子もない。

「さすがに疲れたな。ぬっくん、ちょっと休まない？」

「焼塩も疲れるとかあるのか？」

「人を何だと思ってるのさ。あたしだって疲れるよ」

腹一杯の八奈見に続いて、疲れた焼塩。なかなかのレア体験だ。

焼塩は木立の間から覗く神社の社殿に向かって歩いていく。

「さすがに誰もいないね。こんな時間に来るの初めてだよ」

焼塩は境内に並んだ二基の鳥居をくぐり抜けると、振り向いて俺を手招きする。

どこか異世界に連れていかれるような感覚を覚えながら、俺も続いて鳥居をくぐる。

焼塩はベンチに座ると、隣をポンポンと叩く。俺は少し迷って、ベンチの反対側の端に座る。

「わざわざ来たってことはさ、なんかあたしに話が……って、なんか遠くない?!」

「え、でも」

焼塩は俺の隣に座り直す。

「近寄れって話じゃなくてさ、あんま距離とられるとそれはそれで傷付くよ」

焼塩の静かな抗議。俺は素直にゴメンと謝る。

「いいけどさ。それでわざわざ来たのって、こないだのことでしょ？」

「まあな。気持ちは分かるけどさ。連絡とれないのは、みんな心配するし」

「ごめん、あたしの悪い癖だよね。テンパるとすぐ逃げ出しちゃってさ」

焼塩は神妙な顔で天を仰ぐ。

「あたし、本当に気持ちを伝えるつもりなんてなかったの。だけど、あんなことになっちゃって、どうしていいか分かんなくて」

確かに逃げ出したくなる気持ちも分かる。ずっと胸に秘めていようと決めていた想いを、あんな形で表に出したのだ。

「このまま、時間が解決してくれないかなって思っちゃって。時間が経てば今まで通りに――」

「それは無理じゃないか」

彼女がいる男友達への想いがバレて、今まで通りとはいかないだろう。

当然、『今まで通り』二人で出かけることも。

「友達として光希の側にいることも無理なのかな？　あたし、二人の邪魔をするつもりなんてないんだよ？」

焼塩はすがるような眼で俺を見る。同情したくなる気持ちを抑えて、俺はゆっくりと首を横に振る。

「焼塩さ、綾野と二人で会ってるだろ？　この前、偶然見ちゃってさ」

「見っ、てっ?!　あっ、あの！　そ、それは、その」

ワタワタと慌てながら立ち上がる焼塩に、俺は両手を上げて『ちょっと落ち着け』ポーズをとる。主に興奮した佳樹を抑える時に用いるやつだ。

「大丈夫、分かってる。綾野の相談に乗ってただけなんだろ」

「……そこまでバレてるんだ」

焼塩は力が抜けたようにストンと座る。

「あ、あはは……全部知られちゃってたか。ちょっと恥ずかしいな」

焼塩は照れ隠しに頬をポリポリ掻く。

「あー、ひょっとして八奈ちゃんも？」

「うん、まあ。あと、小鞠も多分前から気付いてたし、月之木先輩も知ってる」

「うわ、小鞠ちゃんもか」

「それに気持ちを知られた以上、これまで通りってわけにはいかないだろ」

「そうだね……分かるよ」

焼塩はしばらく俯いた後、言葉を選ぶようにぽつりぽつりと話し出す。

「光希の奴、朝雲さんとの距離の取り方に迷ってるみたいでさ」

焼塩は足元から小石を拾って投げる。

暗闇に吸い込まれるように消えた石の落ちる音は聞こえてこない。

「あいつも初めての彼女でしょ？　こう……どこまで応えていいかとか、関係の作り方というか、その辺を悩んでるみたいでさ」

「いやでもお前。恋愛相談はともかく、恋人同士の関係の深め方とか、女子に相談する内容じゃないぞ。お前だって、そんな話は聞きたくないだろ」

焼塩は呆れたように手を振る。

「あのね、あたしだって子供じゃないんだよ。二人は付き合ってるんだし、そういうのがあってくらい分かってるよ。もう高校生なんだし」

……焼塩もさすがにそこは受け入れているようだ。

袴田・姫宮夫妻（仮）ほどの進捗ぶりはないにせよ、高校生のカップルだ。これからあいつらなりのペースで仲を深めていくのだろう。

「そりゃあさ、手ぐらい繫いだりするだろうし、将来的には――」

「え？　あいつら、キスはもう済ませてるんだろ？」

「キッ!?」

焼塩が揺れた。

なんて表現していいか分からんが、とにかく焼塩がぐらりと揺れた。

「あの二人……その、もう……キスとかしてるんだ……？」

しまった。そこまでは知らなかったのか。綾野のやつ、変なところで気を遣ってやがった。

「あー、まあそのくらいは仕方ないというか。二人、付き合ってんだし」

「でも、早くない？」

「早いか遅いか、俺に聞いて分かると思うか？」

「……思わない」

分かってくれたか。みんな忘れがちだが、俺だぞ。

「そうだよねー……付き合ってんだしねー」

焼塩は太ももにペタリと顔を埋める。

「分かってるんだけどさ。けどさー」

「焼塩、これまで通りに友人続けてたら、同じようなことは起こると思うぞ」

「……うん」

「友達やめろとか、そういうんじゃなくてさ。お前らの関係性は変わらなくても、あいつらの状況は変わってくわけじゃん」

「うん……うん。分かってるよ。分かってるから、友達として光希の相談にも乗ってさ。真っすぐ気持ちを受け止めて、きちんと好意を言葉で伝えろってアドバイスして。あたし自身も、ちゃんと現実を受け止めようと思ってたんだよ？　ちゃんと出来てると思ってた。でもね」

焼塩は身体を起こすと、小さくつぶやく。

「……可愛く見られたいって、思っちゃったの」

可愛く……？　そりゃ女子が好きな男に会うんだし。

「別にそのくらい、いいんじゃないか？」

　俺の言葉にゆっくりと首を横に振る。

「部活の後は髪も服もグチャグチャでしょ？　いつもなら気にせず帰るんだけど、光希に会うから汗が匂わないかなって心配でさ。だけど気合入れてるって思われないように、一旦家に帰って着替えてから部活帰りのフリしたり。帰る時間がない時に備えて、部室に予備の制服も置いてて」

　焼塩は目を閉じて楽しそうな笑みを浮かべる。きっと二人だけの幸せな時間を思い返しているのだろう。

　そしてゆっくり目を開いた時には、焼塩から笑顔は消えている。

「……最初は本当に相談に乗るだけだって思ってたの。だけど、いざ会うとなったら、凄く楽しみで……ずっとこれが続けばいいとか思っちゃって。それで」

　焼塩の唇が細かく震えだす。そして拳をギュッと握り締める。

「──それでね、一度だけ……一度だけあたし、すごい悪いこと考えちゃったの」

「悪いこと……？」

「もしこのまま二人が別れたら、って。そんなひどいこと……考えちゃって」

　最後は声がつかえて言葉にならない。

　口を開こうとした俺の脳裏を八奈見の言葉がよぎる。

『取っちゃえばいいんだよ――』


別人のような八奈見の表情。

息を呑む俺の前で、焼塩は唇をかみ、必死に涙をこらえている。

「光希が、あたしを……頼りにしてくれて。なのに、あたし」

震える自分を抱きしめるように身体に腕を回す。

「あたし……あたし、悪い子だ」

焼塩の目から大粒の涙が一粒流れた。それを皮切りに涙がボロボロとこぼれだす。

そして堪え切れなくなったのか、わあわあと泣き出した。

「あたし、あたし……。ごめん……ごめん、なさい……」

子供のように泣きじゃくる焼塩の横で、俺は黙って座り続けた。

俺に出来ることは、ただ隣で付き合ってやることだけだ。

――焼塩が将来この夜のことを忘れても。

俺だけは彼女の涙を忘れないでいようと、そう決めた。

◇

どのくらい時間が経ったのだろう。

少し落ち着いたのか、焼塩はしゃくりあげながら手の甲で涙を拭う。

「……ごめんね、一方的に自分の話ばっかりして」

「構わないよ。俺こそ話しにくいこと言わせちゃってごめん」

焼塩は、ううんと言いながら首を横に振る。

「へへ……また恥ずかしいとこ見せちゃったな。あたしが泣いたことは内緒だよ？」

まだ涙の浮かんだ瞳で笑いかける。俺もつられて笑顔になる。

「秘密にしてもいいけど、俺の話も一つ聞いてもらっていいか」

「口止め料ってこと？　いいよ、何の話」

俺はコホンと一つ咳ばらい。

「これは俺の女友達の話なんだが」

「ぬっくん、友達いたの……？」

そこは引っ掛からなくていい。

「実はいたんだ。それでその友達、焼塩みたいに仲のいい男子に彼女ができてさ」

「……うん」

「その子はちゃんと二人を祝福してるし、ちょっかい掛けたりもしてないんだけど。俺の見立てだとあいつは」

「……あいつは？」

「隙あらばワンチャン……そのくらいやりかねない雰囲気がある」

「わんちゃっ?! それって悪い女じゃん！ ぬっくん、悪い女の友達いるの?!」

いるんだ。残念ながら。

「だけど二人の仲を壊したくはない。だからその子は、新しい関係を作ることを選んだ。付き合いだした二人を心から祝福できるように、新しい距離感を今もずっと探ってる。自分の好きって気持ちも、側にいたいって気持ちも否定したくないから」

「……言葉は綺麗だけど、その子ワンチャン狙ってるんだよね？」

うん、多分。

「その話から、あたしはなにを受け取ればいいんだろ」

確かにそうだ。俺は夜空を見上げながら考える。

「そうだなぁ。その子に比べたら焼塩は断然いい子だよ、ってのはどうだろう」

焼塩も同じように夜空を見上げる。

「……かもしんない。少し元気が出たよ」

元気が出たようで良かった。ありがとう、悪い女。

焼塩が後ろに両手を付きながら、俺と並んで夜空を見上げる。

「あたしって幸せ者だよね。あんなことやらかしたのに、みんなが心配してここまで来てくれて」

「それはお前が焼塩だからだろ。みんなお前のこと信じてるから気にかけてるんだよ」

「……あれ」

焼塩が珍しい物でも見る目を向けてくる。

「ぬっくん今日は優しいじゃん。どうしたの？　猫でも飼い始めた？」

「いや……ただの深夜テンションだ。忘れてくれ」

深夜ヤバイ。こんなとこ八奈見に見られたら絶対笑われるぞ。思わず辺りを見回す。

「どうしたのさ、キョロキョロして」

「そろそろ帰った方が良いんじゃないかなって。八奈見も心配してたぞ」

「ありゃ、八奈ちゃん起きちゃってるか。悪いことしたな」

俺はズボンをはたきながら立ち上がる。

続いて立ち上がろうとした焼塩は、何か思いついたように座り直す。

「ほい」

焼塩は俺に両手を伸ばす。

「どうした？　虫でも――」

言いかけた俺は、苦笑いをすると両手を差し出す。

焼塩はその手を掴んで立ち上がる。

「ぬっくん、やるようになったじゃん」

「深夜だからな。うん、深夜だし」

俺は照れ隠しに足早に歩き出す。焼塩が隣に並んでくる。

「あのさ、ぬっくん」

「なんだ」

「約束する。あたしちゃんと話をするよ。光希と朝雲さんに」

「朝雲さんにも？」

「うん、黙って彼氏に会ってたんだもん。直接会って謝りたくてさ」

……焼塩は、朝雲さんがそれをとっくに知っているって気付いてないよな。

教えるべきか迷ったが、それを言うのは俺じゃない。

焼塩も朝雲さんも、ちゃんと自分の口から伝えるべきだ。

「それでいいと思う。朝雲さんには俺から伝えておこうか。彼女、お前を心配して何度も連絡してきたんだぞ」

「ありがと、お願い。あたしは朝雲さんの都合に合わせるからさ」

昨晩の朝雲さんの様子を見る限り、悪いことにはならないだろう。

「……それともう一つ。ぬっくん、少し手を貸して欲しいんだ」

焼塩はうつむき加減の顔に不安そうな色を浮かべる。

「いいけど、なにをすればいいんだ?」

「光希と話をするの、やっぱ怖くて……。誰か見張ってくれてないと逃げ出しちゃうかもしんないの。えと、だから」

焼塩は俺のシャツの裾を両手でギュッとつかんでくる。

「だから、あたしについて来てくれないかな！　見張り役って訳じゃないけど、誰かいてくれたらあたしも勇気が出るっていうか。その、迷惑かけっぱなしで悪いとは思ってるけど、あたし」

「ああ、構わないけど」

俺の返事に焼塩は気が抜けたような顔をする。

「……へ?　いいの?　えらく簡単にOKしてくれたけど」

「簡単に答えたけど、簡単に考えてるわけじゃないぞ。まあなんていうか」

「なんていうか?」

「まあ、別にいいかな……って思って」

「えー、なんかカッコいいこと言うかと思ったのに」

「いざとなるとそんなセリフ、出てこないもんだって」

焼塩は呆れ顔で腰に手を当て、ワザとらしく溜息をつく。

「ぬっくん、そーゆーとこだなー」

焼塩はくるりと踵を返すと、軽い足取りで先を進む。

「そういうとこってどういうことだよ……」

俺の呟きを聞いたのか。焼塩は背中越しに振り向いて、俺に白い歯を見せる。

「教えてやんないし」

そう言って、焼塩は足を速めた。

◇

翌朝。八奈見はごちそうさまと手を合わせると、寝ぼけ眼で皿を重ねる。

「ねむー……温水君、平気？」

「まあ、戻ってすぐに寝たから。八奈見さんは寝れなかったのか？」

俺はトーストの最後の一口にマーマレードの残りを乗せる。焼塩の祖母特製のマーマレードは甘すぎなくて俺の好みだ。

「何時に寝直したか覚えてないや。眠くて朝ごはん、あんま食べらんなかったよ」

言って、口元を隠すのも忘れて大あくび。ちなみにこいつは朝からトーストを三枚食べた。

……昨晩、焼塩と戻ってくると、玄関の外で八奈見が待っていた。

焼塩と八奈見は二、三言葉を交わすと、クスクス笑って脇腹をつつき合いながら部屋に戻った。俺はそれを見送り、着替えもせずにベッドに倒れ込んだ。

そして今朝、勢い良く扉を開けた焼塩に叩き起こされたのだ。

「小鞠ちゃん、サラダお代わりいる？　トースト、半分しか食べてないじゃん」

「そ、そんなに朝から、た、食べられない……」

トースト半分に苦戦中の小鞠に焼塩が絡んでいる。

今朝の焼塩はいつも通りに明るく元気だ。

再会してから感じていた危なっかしさが消えている。

もちろん俺の勝手な思い込みかもしれないが、そう思えるだけでもあの時間は無駄ではなかったのだろう。

紅茶を飲みながら焼塩たちがワチャワチャしているのを眺めていると、なぜか俺を凝視する八奈見の視線に気付く。

「ねえ温水君。そのTシャツって」

「これか？　焼塩に貸してもらったんだ。洗って返さなきゃな」

着替えがなかったから正直助かった。

と、小鞠を構っていた焼塩が口を挟んでくる。

「あたしのシャツだけど、サイズ大丈夫そうで良かった」

「え、これ焼塩のTシャツなの？　え？　まじで？　脱ぐ？」

てっきり焼塩の祖父のだと思ってた。いくら洗濯してあるといっても、女子の私服を着るとか許されるのか。

「予備のやつだし気にしないでよ。それ、昨日八奈ちゃんに貸そうとしてサイズが――」

「檸檬ちゃんっ!?」

八奈見の裏返った叫び声。このシャツ、八奈見が着ようとして入らなかったやつか。

「それ、言わないでって言わなかった?!」

「でも、ぬっくんなら構わないでしょ？」

「これは構うっ！」

やれやれ、二人は朝からにぎやかだ。紅茶の最後の一口を飲み切ると、俺も皿を重ねる。

食器を下げようと立ち上がった俺の視界に、焼塩から借りたシャツが入る。

……このシャツ、八奈見は小さくて入らなかったんだよな。肩幅は流石に俺の方が広いし、つまり入らなかったのは胸回りということか……？

あ、ヤバイ。色々と想像してしまった。

佳樹の顔を思い浮かべながら気持ちをクールダウンさせていると、細い腕が俺の肩に回る。

「よっ、色男。昨夜はお楽しみでしたね」

馴れ馴れしく肩を組んできたのは月之木先輩だ。

「いきなり耳元で囁かないでくださいよ。というか、ちょっと離れてくれませんか？」

勘弁してくれ、折角のクールダウンが台無しだ。

「なんか、上手くいったみたいじゃない。温水君、意外とやるね」

「俺は大したことはして……」

言いかけて、俺は言い直す。

「結局、俺たちは見てることしかできませんし。それはそうと離れてくれません？」

「あら、私相手でも照れてくれるの？　お姉さん、嬉しいなー」

悪乗りした月之木先輩が俺の頭をワシャワシャかき回す。

「ぬ、温水……せ、先輩にまで、セクハラ」

すっかりお馴染み、小鞠がゴミを見る目で上目遣いに睨んでくる。

「待ってくれ、セクハラされてるのは俺の方なんだが？」

そう、こういった偏見の積み重ねが悪質な風評被害を生んでいくのだ。

一歩引いて、騒ぐ女子部員たちを眺めていると、ティーポットを持った焼塩のお婆さんが俺の隣に並んでくる。

「温水君、紅茶のお代わりはどう？」

「もう大丈夫です。ごちそうさまでした」

お婆さんは頷くと、眩しそうに目を細めて、笑い合う焼塩たちを眺める。

「ですかね。文芸部の女子は一種独特というか、悪い意味で物怖じしないというか」

「おや、私は温水君のことを言ったつもりだけどね」

お婆さんは俺の背中をバシンと叩くと、笑いながら焼塩たちの輪に入る。

……焼塩が俺をやたらと叩く元凶が分かった。

俺はにぎやかな声を背に、食べ終えた食器を持って台所に向かった。

「檸檬はいい友達を持ったね」

Intermission　東海旅客鉄道　飯田線本長篠駅

飯田線本長篠駅。駅舎の前に停まったＳＵＶから、日焼けした少女が降りてくる。

「お婆ちゃんありがと。家に着いたら電話するね」

運転席に向けて手を振る少女は焼塩檸檬。

開いた窓から、檸檬の祖母が気遣わし気な顔を向けてくる。

「檸檬、家まで送ってもいいんだよ」

「ううん、大丈夫。少しあたしも考え事とかしたいしさ」

「そうか。じゃあ気を付けて帰りなさい」

「はい、お婆ちゃん」

檸檬は運転席に歩み寄ると、車窓越しにハグをする。

……四日前に突然、祖母のところに檸檬から連絡があった。

駅にいると聞いて慌てて迎えに来た時の彼女は、まるで笑顔を貼りつけた人形のようだった。

今の檸檬はいつものように笑っている。いや、少しだけ大人びたように見えるのは祖母の贔屓目なのだろうか。

祖母は手を伸ばして檸檬の髪飾りの角度を直す。

「檸檬、いいお友達に恵まれたね」

「……うん。そうだね」

もう一度ハグをすると、檸檬は大きく手を振ってから駅舎に飛び込んだ。

待合室の茶色い椅子を横目に改札を抜ける。この時間、駅員はいない。

構内踏切を通ってホームに渡ると、電車待ちの乗客がまばらに立っている。

……逃げてばかりはいられない。檸檬は両頰(ほお)をパチンと叩く。

自分を心配して来てくれた文芸部の仲間たちは今頃、先輩の運転で豊橋(とよはし)に向かっているはずだ。

後は一人で決着を付けなくてはいけない。自分の気持ちと光希(みつき)との関係に。

本長篠から豊橋までは約1時間。乗車口を探そうとホームを見渡した檸檬は、ある人影に気付く。

オレンジ色のワンピースに身を包み、大きな帽子を被った女の子がホームの奥に立っている。

トクン、と心臓が跳ねる。檸檬は胸に手を当てて深呼吸をすると、こちらを見つめるワンピース姿の女の子に歩み寄る。

「……朝雲(あさぐも)さん」

「はい。二人だけで会うのは初めてですね」

朝雲は深く頭を下げる。

何故ここに。言いかけた檸檬(れもん)は自嘲気味に首を振る。

決まっている。自分に会いに来たのだ。

「どうしてここに来るって分かったの？」

「温水(ぬくみず)さんに、焼塩(やきしお)さんが私と話をしたがってるって話を聞いて。予定を教えてもらいました」

「よくこの駅だって分かったね。わざわざここまで来なくても、豊橋(とよはし)に戻るのに」

「少しでも早く話がしたくて」

朝雲(あさぐも)は帽子を脱ぐと、少し首を傾(かし)げながらニコリとほほ笑む。

「焼塩さん、私からもお願いです。私とお話ししてくれませんか？　あなたのことが知りたいんです」

穏やかな笑顔の奥。僅かに覗く不安と怖れ。

それを感じた檸檬は心に残っていた警戒を解く。

「……うん、ありがとう」

線路を伝わる電車の音を追いかけるように、ホームのスピーカーからアナウンスが聞こえてくる。豊橋行きの電車が来たようだ。

二人は何とはなしにホームに入ってくる電車に視線を送る。

「朝雲さん、電車が来たよ」

「ですね。一緒に乗って帰りますか？　それとも一本遅らせて、待合室でお話ししますか？」

「これに乗らなかったら、朝雲さんはその後どうするの？」

「次の電車で帰ります」

「その場合、あたしもそれに乗るんだけど」

二人は顔を見合わせて笑い出す。

電車が控えめなブレーキの音を立てて目の前に停車する。

朝雲がボタンを押すと電車の扉が開く。

「さ、どうぞ焼塩さん。逃すと1時間待ちですよ」

「ありがと、朝雲さん」

「どういたしまして」

続いて電車に乗ろうとした朝雲は、突然踵を返すとスカートを翻してホームに駆け出す。

「どうしたの？」

「ちょっとだけ待ってください！」

朝雲はホームのゴミ箱に何かを捨ててから、電車に飛び乗った。

扉の閉まる音を背に、胸に手を当て大きく息を吐く。

「朝雲さん、なにを捨てたの？」

「……最後に一回だけ、温水さんとの約束を破りました。これで本当におしまいにしようと」

「へ？ ぬっくんと約束？」

檸檬が大きな瞳をパチクリとしばたかせる。

「ええ、温水さんには秘密にしてくださいね」

朝雲はいたずらっぽい笑顔で、人差し指を口の前に立てる。

釣られて笑顔になる檸檬。

人と人なんて分かり合えるものじゃない。だから人は話をするんだと、どこかで聞いたことがある。

分かり合えない他人がいて、知らないことが沢山ある。

檸檬は初めて今、朝雲のことを知りたいと思った。

～4敗目～　焼塩檸檬は口を開いた

翌日の夜。俺は精文館書店のコミック館で、ラノベの棚を眺めていた。

……昨日の新城からの帰り道では、月之木先輩の与太話を聞いているうちに、家の前に着いていた。

それでなんとなく全てが終わった気になっていたが、まだ一つ残っている。

約束した通り、焼塩と綾野の二人が会って話をすることになったのだ。俺は今晩、その場所まで焼塩を送ることになっている。

夕食後、俺は待ち合わせの時間より早く家から抜け出した。落ち着かず、家でじっとしていられなかったのだ。

あいつが綾野と話すといったって、ワンチャン逆転を狙ってる訳でもない。気持ちだってすでに伝わっている。

いわば敗戦処理みたいなもので、その先に何があるんだろうか……。

そんなことを考えながら、何気なく棚に手を伸ばす。

「お、『JK食す』の新刊出てたんだな」

正式タイトルは『借りた部屋にJKが付いてきたけど、食費が高くてもう限界です』。

家に転がり込んできた女子高生との同居生活の物語で、リアルな光熱費と食費の推移が評判だ。

ちなみに最新刊では同居ヒロインが増え、主人公がさらなる節約生活を強いられることになるらしい。

「ええ……主人公が新聞配達を始めるのか……？」

この物語はどこに進むのか。裏表紙のあらすじに夢中の俺の背中を誰かが叩いてくる。

「ぬっくん、やっぱここにいたんだ」

「あれ、焼塩」

俺の横に並んできたのは焼塩檸檬（れもん）。

「家に行ったら、駅前に行ってるって聞いたからさ。ここかと思って」

「それはいいけど。焼塩、お前その格好は」

焼塩はランニングシャツにショートパンツ姿。書店の一角にいると……なんというか異物感が凄（すご）い。

「さっきまで走ってたからね。それにあたし、いつもこんな格好じゃん」

屈託なく笑う焼塩。

「でもほら、これから綾野と会うんだぞ」

「いいんだって。いつも通りのあたしでさ」

焼塩は正面の棚をジッと見つめる。

「これ、ラノべってやつだよね。あたしでも読めるかな」

「え？　ああ、結構読みやすいのが多いし大丈夫じゃないか」

「読書感想文の本が決まってなくてさ。一番薄いのどれ？」

「……明日が夏休み最終日だぞ」

「やったけど家に忘れました、って言っとけば一週間は稼げるよ。上手くいけば先生も忘れるし——あ、これ面白そうだね」

焼塩が手を伸ばす。タイトルを見て俺は首を横に振る。

「それは止めた方がいい。冒頭で全裸の主人公が街中を疾走するシーンがある」

「じゃ、これは？」

「それも駄目だ。そいつは最初のカラーイラストで、主人公が八百歳の半裸幼女に押し倒されている」

「……これでも、まともそうなタイトルを選んでるつもりだけど」

「ピンポイントでそれを選ぶお前のセンスが凄いって」

感想文にお勧めな本を貸すことを約束すると、俺たちは店を後にする。

外はすっかり暗い。街の灯りの中、焼塩が大きく伸びをする。

「いやー、たまには読書もいいもんだね。ちょっと賢くなった気がするよ」

落ち着け、お前まだ一行も読んでないぞ。

さて、まだ少し時間が早いけどどうしよう。

最初の予定では焼塩の家の近くで落ち合い、綾野との待ち合わせ場所まで一緒に向かうはずだった。

考えながら腕時計を見ていると、焼塩が俺の腕を摑んでデジタル表示を覗き込む。

「ねえ、ぬっくんはこれからどうするの？　歩く？」

「えーと、俺はもうちょい時間潰してから市電で行こうと思ってたんだけど」

「んー、そっか」

焼塩はつまらなそうに呟くと、靴の裏で擦るように地面を蹴る。

「まあ、仕方ないか。あたしはもう少し走ってから行くよ」

「分かった。じゃあ予定通り、後で落ち合おう」

言ったはいいが、焼塩のやつ、なんか様子がおかしいな。

……そういやこいつ、俺がここにいると聞いてわざわざ来たってことは。

頭をかきながら、明後日な方向に視線を向ける。

「あー……でも、ここから歩いていけば、待ち合わせにちょうどいい時間だな。最近運動不足だし、やっぱ歩こうかなー」

俺の白々しい独り言に、焼塩も同じように白々しい口調で応える。

「あー、そういえばあたしも読書して筋肉冷えちゃったなー。走るより、歩くくらいが丁度いいかもなー」

チラリと視線を向けると、焼塩と目が合う。俺たちは思わず吹き出した。

「そういえば焼塩も同じ場所に行くんだっけ」

俺は白々しさをもう一枚重ねてみる。

「そういやそうだね。仕方ないな、あたしが付き合ってあげるよ」

焼塩は手を頭の後ろで組んで、からかうような流し目を送ってくる。

俺は苦笑いでそれを返すと、焼塩と並んで歩きだした。

◇

40分あまりの道のり、俺たちが交わしたのはごくごく普通の世間話だった。

夏休みの宿題の話、二日後に迫った始業式、女子陸上部の怖いけど優しい先輩の話――。

休みなくしゃべり続けていた焼塩の言葉数が少なくなる。目的地の近くまで来たのだ。

綾野との待ち合わせ場所は二人が通っていた小学校のグラウンド。

俺は外周の道路を歩きながらフェンス越しに様子をうかがう。

「……校舎の明かりは消えてるな」

あれ？ 今気付いたけど、これって不法侵入だよな……？

「そろそろ時間だね」

焼塩は胸に手を当てて深呼吸をすると、よし、と呟いて顔を上げる。

「じゃあ、そろそろ」

「なあ、焼塩。今更だけど、小学校に勝手に入っていいのか？ 怒られない？」

「ホント今更だね……」

だって気になったし。

焼塩は腰に手を当て、呆れたように首を振る。

「昼間は解放されてるみたいだし、騒いだりしなきゃ大丈夫だって。あたし、こういうの慣れてるから」

こいつ常習犯じゃあるまいな……。まあ、怒られるの俺じゃないし。

温かく送り出そうとした俺の胸を、焼塩が軽く小突いてくる。

「ぬっくん、あたしが緊張してるからワザと変なこと言ったんでしょ？」

「え？ いや、別に」

「ありがと。後はあたし一人で大丈夫だからさ、ぬっくんはここで待っててよ」

あ、やっぱり帰りも送るのか。夜の住宅街で一人で立っているのはなんか怖いし気まずいな……。

辺りを気にする俺の様子に気付いたか、焼塩（やきしお）が眉を上げる。

「ぬっくん、女の子に一人で夜道を帰らせるつもりだったの？」

「まさか。もちろん送らせていただきます」

「よし、頼んだ」

焼塩はいつものように笑うと、俺に向かって片手を上げる。

……？　俺はその意図を5通りほど考えてから、恐る恐る同じように手を上げる。

「それじゃ、決着つけてくる！」

焼塩は待ちくたびれたとばかりに思い切りハイタッチ。勢いよく走りだすと、一気に裏門の柵を乗り越えた。

……やっぱりこいつ常習犯だ。

◇

月明かりに照らされた小学校のグラウンドは、檸檬（れもん）の記憶よりもずっと小さかった。

あの頃は学校の隅から隅まで、ただひたすらに楽しさが詰まっていて。学校が少しだけ狭く感じた頃には、卒業式を迎えていた。

檸檬は懐かしい遊具を指先で撫（な）でながら、ゆっくりと歩く。

暗い中、誰も乗っていない遊具はどことなく寂し気で。早く夜が明けて欲しいなと、ぼんやり思う。

……光希はもう来てるのかな。

見渡すと、グラウンドの隅の白い百葉箱の前。背の高い人影が落ち着かない様子で佇んでいる。

くらり、と一瞬、視界がぼやける。

大きく息を吐き、駆け出したくなる気持ちを抑えて歩み寄る。一歩一歩を踏みしめるように。

目の前まで来て、最初になんて言うか、どんな顔をするかすら、少しも考えていなかったことに気付く。

檸檬はどっちつかずの曖昧な笑みで光希の前に立つ。

「光希、来てくれてありがとう」

「いや……俺の方こそ」

声変わりをする前から聞き慣れた声。

戸惑うような、所在なげな光希の表情に檸檬はなんだかホッとする。

光希も同じだ。どんな顔をすればいいのか、分からないままここにいるのだ。

「懐かしいよね。何年ぶりだろ」

檸檬はクルリと踵を返すと、光希をうながして歩きだす。

光希は半歩遅れてその隣を歩く。

「俺は……卒業して以来だから四年ぶりだな」

「じゃあ、あたしもだ」

卒業式であんなに泣いたのに。家から近くていつでも来れる、そう思いながら一度も来ていない。

ジャングルジムと滑り台を混ぜたような遊具に小走りで近寄る。ふと視線を上げた檸檬に、光希が首を振る。

「暗くて危ないから上に乗るなよ」

「乗らないよ、あたしもう子供じゃないし」

図星だったのか、檸檬は悪だくみがバレた子供のように口をとがらせる。

「ブランコも久しぶりだね。思い切り漕いで、どこまで飛べるかやんなかった?」

「やったのはお前だけだろ。それで足をくじいたんじゃなかったっけ」

「……だった。うわ、このタイヤも懐かしいね」

檸檬は言うが早いか、地面に半分埋め込まれたタイヤに乗る。

使い方の指定がある訳ではないが、子供の頃は乗ったり飛び越えたりくぐったり。好きに遊んでいた。

檸檬は並んだタイヤの上を身軽に飛び移り、最後の一つに腰かける。

「これって、こんなに小さかったかな」

「こんなもんだと思うぞ。多分、高学年の頃はもうこれじゃ遊んでなかったんだよ」

言いながら光希が隣のタイヤに座る。檸檬の口元が思わず緩んだ。

二人で並んで座る、それだけで満たされる。

多分、こうして二人でいられる最後の夜だ。そのまましばらく沈黙を噛みしめる。

「……うちらが話すようになったのって、小2からだよね」

惜しむように口を開いたのは檸檬。光希は黙ってうなずく。

「光希の第一印象、あんま良くなかったんだからね。休み時間にずっと本読んでるんだもん。この子、何やってんだろうって」

八年越しの告白に光希は思わず苦笑する。

「あの頃の俺、学級文庫を全部読むんだって、妙な使命感に燃えてたんだよな」

「じゃあさ、あたしが最初に話しかけたの……って、覚えてるわけないか」

「お前が足を怪我した時だろ？」

小2の秋、ブランコから飛んだ檸檬が足をねん挫した。ひどい怪我ではなかったが、運動を禁止されて暇になった彼女が、本を読んでいる光希に絡んだのだ。

「……覚えてたんだ」

「そりゃそうだよ。読書にいそしんでる真面目な俺に、クラスのガキ大将が絡んできたんだ。

普通ならトラウマもんだ」

「そういう認識⁉　怪我をした可哀そうな女の子と、並んで本を読んだ綺麗な思い出じゃなくて？」

「お前、すぐに飽きるから、俺が本の内容を説明する羽目になったよな」

「だったね。光希に本の中身をお話ししてもらってたんだよね」

檸檬がクスクス笑う。ワザとらしくしかめっ面をしていた光希も、つられて笑う。

「あたしさ、本とかすぐ眠くなっちゃうけど。光希がお話ししてくれると、なんか聞いてられるんだよね」

「……ああ」

「だから足が治っても、一緒に読書してたんだよ」

それからだ。雨が降った、今日は暑いだ寒いだと理由をつけては、檸檬が光希と並んで本を開くようになったのは。

「まさかハリーポッターを全巻、説明させられるとは思わなかったな」

光希は口元を緩めながら、懐かしそうに目を細める。

「いやいや、文句言うのはあたしの方だよ。映画見たら全然ストーリー違うじゃん！　最後にハリーとハーマイオニーが結婚するってのも嘘だし」

「悪い、檸檬が信じると思わなくて」

「えー、それじゃあたし、ただのバカじゃん」

光希が堪え切れずに笑いだす。檸檬は何かを言い返そうとして、やっぱり笑い出す。

笑い疲れた檸檬が目元を拭う。

「……ホント、懐かしいね」

「ああ。もう八年も経ったんだな」

語り続けたらきっと夜が明けるだろう。

むしろそうしたかったが、この場で時計を進める責任は自分にある。檸檬は気持ちを奮い立たせて言葉を紡ぐ。

「……中２の時。あたしがツワブキ高を目指すって言ったら、みんな冗談だと思って相手にしてくれなくてさ。ひどくない？　先生も笑ってスルーしたんだよ」

「当時のお前の成績じゃ、誰だってそう思うだろ」

「光希は笑わなかったじゃん」

「無理だとは思ってたぞ」

「そういや思い出した！　笑いはしなかったけどさ、一般入試じゃ絶対に無理だって言ったよね！」

檸檬は責めるような視線を光希に向ける。

「しかも推薦に絞って一般入試は捨てろとか、ひどくない？」

「お前の成績、普通より随分下だったんだからな……」

ツワブキ高校は県内でも有数の進学校だ。本来、檸檬の成績では狙える範囲ではない。

「それなら光希は、なんで手伝ってくれたの？」

「それは……友達に頼まれたら、誰だって手を貸すだろ」

友達。その言葉に檸檬は思わず目を伏せる。

自分と光希は友達だ。昔から。そして今も。

「……友達にあそこまでしてくれるんだ。内申点の稼ぎ方だって教えてくれてさ。あんなのどうやって調べたの」

光希がしてくれたのは定期テスト対策だけではない。

教科ごと先生ごとの評定の付け方を調べ上げ、檸檬の内申点をツワブキ高校の推薦基準まで押し上げたのだ。

「質問にかこつけて、ひたすら先生たちの懐に入り込んだからな。あの時の俺、多分進路指導が出来たぞ」

「だからって先生たちの誕生日や結婚記念日まで調べあげるって、そこまでやる？」

「やれることは全部やらないとな。だけど陸上部の部長やったり、県大会で表彰台に乗ったのはお前の実力だ」

高２で県が高校総体の開催地になることを見据えて、陸上部の部長に立候補するように勧めたのも光希だ。

「それに勉強だって頑張ってただろ。お前、３年の時は成績も上位だったし」

「校内限定だけどね。校外模試じゃ平均以下だったし」

中学生活の後半、檸檬と光希は二人三脚でひたすら受験に向かって努力を積み重ねていた。

受験に部活。外からは、彼女は事もなげにハードルを乗り越えているように見えただろう。

だけど二人が積み重ねた時と想いは、当事者しか知る者はいない。

それが檸檬には嬉しくて、誰にも言えないけど自慢だった。

「でもあたし、分っかんないな……」

檸檬はもやもやした気持ちを抱えるように身体（からだ）を折り曲げる。

「分かんないって、なにがだ？」

「だからさ、あれだけあたしに付き合ってくれた理由だって。自分の受験もあるのに、友達ってだけであそこまでしないもん」

駄々っ子のような檸檬の口調に光希は困ったような顔をする。

「……お前、ツワブキに行きたい理由を言ってくれただろ。檸檬の一族って学者や弁護士とか多くて、自分一人が勉強できないからコンプレックスだって」

「よく覚えてるね。両親だけじゃなくて、一族みんないい学校行ってる人が多かったからさ。

パパもママも気にしなくて良いって言ってくれたけど、あたし一人バカじゃカッコつかないって言うかさ」

もう一度、覚えてたんだ、と小さく呟くと檸檬は何かを決心したように顔を上げる。

「でもね、それだけじゃないよ」

今までと違う檸檬の口調。光希が何かを感じたように身構える。

「光希と一緒の学校に行きたかったの」

まっすぐ見つめられ、光希は思わず息さえ忘れて瞳を見つめ返す。

「檸檬……」

「あたし、正直に言ったよ。光希も正直に言って」

「……正直に？」

「なんであそこまでしてくれたの？」

もう逃げられないと悟ったのだろう。光希は両手の指を組み、逸らすように地面に視線を落とす。

「俺も……檸檬と一緒の学校に通いたかったんだ」

ためらいながら、光希は低い声で話し出す。

「檸檬さ、中学に入ってからどんどん目立ち始めただろ。大会で結果残してしょっちゅう全校集会で表彰されて。人気者でいつも人に囲まれていて」

大きく息を吸い、自分の気持ちを確かめるように言葉を続ける。

「俺には凄く眩しくて、檸檬が遠くに行ったような気がしてたんだ。だから、頼ってもらえたのが嬉しかった。一緒に同じ学校に行けたらって、俺もワクワクして」

光希はまだ話し続けようとしたが、上手く言葉にできずに、何度か口を開いては閉じるのを繰り返す。そして最後は口を閉じた。

「……あたしのこと、そんな風に思ってくれてたんだ」

またも訪れた沈黙を檸檬がそっと払う。

「あの時の俺はただ嬉しくてテンションが上がってて。自分の気持ちとかそんなの全然分からなくてさ。だけど今なら」

言いかけた光希は言葉を飲み込む。これ以上は言葉にしてはならない。

二人とも分かっている。だから檸檬は口を開く。

「あたしが代わりに言ってあげるよ」

光希が一瞬、怯えたように顔を上げる。

檸檬は優しく微笑むと、それ以上に優しい口調で言った。

「光希、あたしのことが好きだったんだね」

沈黙。それが答えだ。

ここまできたら否定も肯定も意味はない。光希は落ち着いた様子で話し出す。

「俺、これまでそういうの全然分からなくてさ。千早と……」

続けるべきか、一瞬迷う。

「いいよ、続けて」

「……千早と付き合い始めて。あいつに対する気持ちとか、一緒にいる時の心の動きとか色々自分の中で受け止めて」

朝雲千早と出会ってからの、人生のたった一年足らず。

「これが相手のこと好きって気持ちなんだなって」

だけどそれまでの積み重ねがあったから、その短い時間でも気付かされた。

朝雲千早に対する自分の気持ち。そして檸檬に対する自分の気持ち。

「……嬉しいな。うん、ホントに嬉しい」

檸檬は静かに呟くと、はにかむような表情で光希を見つめる。

「でも俺は」

檸檬は光希を安心させるように、優しく言葉を重ねる。

「だってさ、こんなに幸せなことがある？　好きな人が、自分のことを好きだって。それだけであたしは充分幸せだよ」

――たとえ、あなたの傍にいられなくても。

檸檬はその言葉を胸の奥に閉じ込める。


これは気付いた瞬間に終わった恋だ。


だから檸檬は、明るい顔で光希に笑いかける。

「ね、朝雲さんのどんなところを好きになったの？」

「それは……言ってもいいのか？」

「今更じゃん」

笑い飛ばす檸檬。光希は言葉を選びながら話し出す。

「……俺、将来、本に関わる仕事に就きたくてさ」

「へ？　光希、出版社に入るの？　それとも作家とか」

思いがけない話に檸檬は素っ頓狂な声を出す。

「まだ漠然としてて全然決まってないんだけど」

光希は自分の手の平をじっと見つめる。

「俺自身どんなことができるのかも、具体的にやりたいことも見えていない。だけど、本に関わるなら東京の大学に行って、四年間のうちに出来るだけのことを積み上げたいと思うんだ」

大人びた光希の横顔。半ば見惚れていた檸檬は疑問に思う。

朝雲を好きになった理由を聞いて、こんな話を始めるということは。

「……ひょっとして、朝雲さんも？」

「ああ、千早も同じような夢を持っている。むしろ俺がぼんやりと考えてた夢を、形にしてくれたのは彼女かな」

「凄いね、二人とも。もうそこまで考えてるんだ」

「俺にとっては檸檬の方が凄いよ」

どことなく、ストンと腑に落ちた気がして、檸檬は夜空を見上げる。

光希も空を見上げる。檸檬は空を指差した。

「ね、あの星すごく明るくない？　北極星？」

「北極星は違う方向だよ。明るいなら夏の大三角形かな。ほら、大きな星が三角の形に並んでるだろ？」

「んー、一つだけしか見つかんないや。なんか赤いし、火星とかだったり」

檸檬の視線を追った光希は、ああ、と言いながら頷く。

「あれはさそり座のアンタレスだったかな」

「ふうん、サソリなんだ」

……同じ空を見上げながら、自分と光希は違う星を見ている。

檸檬は寂しく思いながら、朝雲千早のことを思う。

彼女は光希と同じ夢を持ち、同じ道を歩める人だ。

「光希、朝雲さんを放しちゃダメだよ。光希にはあの子が必要なんだから」

「……ああ」

再び沈黙が二人の上を薄く覆う。

この場で交わすべき言葉は尽きたことを、二人とも気付いている。

だから、誰かが幕を下ろさないといけない。

「檸檬、そろそろ行こうか」

幕引きは自分の役目だと思ったのだろう。光希が気持ちを振り払うように立ち上がる。

「あたし、もうちょいここにいるよ。少し一人になりたいかなって」

「……大丈夫か?」

檸檬は頷く。あたしは大丈夫、と心の中で呟きながら。

「安心して。少しだけ休んだら、いつもの元気なあたしに戻るから」

◇

焼塩が裏門から不法侵入してから、そろそろ20分が過ぎようとしている。

「……やっぱ猫だな」

俺はそう結論付けると、暗がりに沈む小学校の裏門に目を凝らす。

万が一、不法侵入が見つかった場合の言い訳が決まった。逃げ出した猫が校庭に入り込んだことにするのだ。

「模様はサビトラで、名前はニャル子あたりか」

ニャル子は捨て猫で、誰にも懐かないのに、俺からだけご飯を食べるようになった設定だ。となると、人間化した時に備えて雌猫かな……。

スマホでアリバイ用の猫画像を探していると、でかい人影が俺の前に立っている。

「にゃっ⁉」

「温水、どうしてここに」

声をかけてきたのは綾野だ。画像探しに夢中で学校から出てきたことに気付かなかった。

「え、あの、送ろうかと……」

「俺を？」

んなわけあるか。

会話の心構えをしてなかった俺は、咳払いをして仕切り直す。

「夜も遅いから、焼塩を送ることになってるんだ」

綾野の身体越し、校庭の様子をうかがう。

「焼塩はまだ中か？」

「ああ、少し一人になりたいみたいだ」

俺の不安な表情を見抜かれたか、綾野が遠慮がちに言葉を継ぐ。

「……安心してくれ。ちゃんと檸檬と話をしてきたよ。悪い、後は頼むな」

綾野の表情は穏やかだ。こいつのことだから油断ならないが、今回くらいは信用してやろう。

「俺に何ができるか分からないけど。まあ、送るくらいはさせてもらうよ」

そのまま動こうとしない綾野。視線を向けると、偶然なのか目が合う。

「千早から聞いたけど。八奈見さんのこと好きだっての、嘘なんだよな」

「ん、まあ……」

そういやそんな設定もあったな。

俺の顔をしばらく眺めていた綾野がポツリと呟く。

「お前、いいやつだな」

「は？　なんでそう思うんだ」

「今回の一件で思ったんだけどさ。友達のためだからって、なかなかここまでやらないぞ」

……？　友達って誰のことだ？

「ひょっとして焼塩のことなら、俺たち別に友達ってわけじゃ」

「なんでだよ、どう見ても友達だろ」

「いや、ほら。お互い友達だって確認したわけじゃないし。焼塩が俺のこと友達と思ってくれてるかどうか意思疎通のプロセスを経てないっていうか」

俺は早口で言い訳しながら、一学期の最終日を思い出す。

あの日、いつの間にか八奈見と友達になっていたことを知らされた。わりと衝撃的な事件だったが、俺もそれで経験を積んだのだ。

「……さすがの俺も、友達になるのに宣言が必要とまでは思ってないぞ」

「そうか、安心した」

「つまり俺が言いたいのはだな。友達だと思ってた相手が、こっちを友達と思ってなかったら、すごく恥ずかしくないか？」

「温水、さすがにそれは考え過ぎ……」

笑って聞き流そうとした綾野が、急に真面目な顔になる。

「いや、温水の言う通りかもしれない。そんなこと考えたこともなかったが」

おお、ついに理解者が。俺は力強く頷く。

「だろ？　だから確認のプロセスは大切なんだ」

「話は分かったが、檸檬のことは考え過ぎだって。俺と温水もいつの間にか友達になってただろ」

「え、俺たち友達なんだ」

思わず出た一言に綾野がよろめく。

「マジで？　俺、ちょっと泣きそうなんだけど」

……待て。こいつ本気で俺を友達だと思ってるのか？

まあ、そういうことなら。俺も積極的に嫌というわけではないし。

「えーと、じゃあ……ふつつか者ですが今後ともよろしく、ということで」

「プロポーズの返事かよ」

楽しそうに笑う綾野につられて俺も笑う。

前回はプロポーズをする側で、今回はされる側だ。

ひとしきり笑った後、裏門の柵の向こうから日に焼けた呆れ顔が俺たちを眺めているのに気付く。

「人がセンチな気分に浸ってるのに。二人してなにやってるのさ」

焼塩は明るく言うと、身軽に柵を乗り越える。

「男同士の話さ。な、温水？」

綾野が俺を肘で小突く。俺は恐る恐る小突き返す。

「えっと、まあ……そんなとこだ」

友達同士の会話、こんな感じでいいのかな。ちょっとわざとらしすぎたか……？

俺が一人反省会をしていると、綾野が肩に手を置いてくる。

「じゃあ檸檬、ちゃんと温水に送ってもらえよ」

「光希こそ、夜道が怖くて泣いちゃだめだよ」

綾野のやつ、ここで帰る感じか。

まあ、そうだよな。綾野には朝雲さんがいるから、むやみに二人きりになるわけにはいかないし。

焼塩は俺の側に来ると、いつものように背中を叩いてくる。

「ぬっくん、お待たせ。帰ろうか」

「あ、うん。そうだな」

言いながら、俺はその場を去ろうとする綾野に視線を送る。

頭の中を色々な思いが巡るが、俺はあえてそれを無視する。考えるより先に動くと決めた。

「焼塩、ごめん。少し待ってて」

「ぬっくん、どうしたの」

俺は綾野の腕をつかむと、焼塩に会話が聞こえないところまで連れていく。

「おい、どうした温水」

「最後くらいさ、ちゃんと送ってあげたらどうだ」

俺の言葉の意味が分かったのか。綾野が表情を硬くする。

「……話はもう終わったんだ。これ以上は千早に悪い」

「そうかもしれないけど。そういうの全部抜きで、もう少しだけ……いいんじゃないか」

「だけどさ」

俺と綾野は焼塩を振り返る。遠巻きに不安そうな表情でこちらの様子をうかがっている。

「夜道を送るだけだろ。それほどのことか？」

「二人で話をするのは千早に言ってきたけど。その先は」

「……浮気かもな」

俺の軽口に綾野は真面目な顔で考え込んでいたが、根負けしたかのように苦笑した。

「千早には絶対言うなよ」

「言われて困ることしなきゃいいだろ」

俺は綾野を焼塩の方に押し出す。

「じゃ、綾野。後は任せた」

「え、ちょっとぬっくん？」

「焼塩、俺はちょっと用事があるから。綾野に送ってもらってくれ」

「っ！」

思わず背筋を伸ばす焼塩に、照れ隠しに頭をかきながら綾野が歩み寄る。

「夜道は危ないからさ。家まで送らせてくれないか」

焼塩は素直に頷く。

「……うん」

俺は遠ざかる二人の後ろ姿を見送る。

そういや今日、綾野は朝雲さんからもらったブレスレットを付けていなかった。

「綾野のやつ、どこまでが天然なんだ……？」

俺は肩をすくめると、それ以上考えるのをやめる。

こんな夜くらい、誰だって少しだけ悪い子でいいはずだ。

朝雲さんがこの場にいれば「夜道を送ってあげるのは当然です」と言ってくれるだろうけど。

それでも焼塩と綾野の間に、こんな秘密くらいあってもいいんじゃないか。

俺はそんなことを思いながら夜道を一人、家路に向かった。

「ねえ、光希(みつき)」

「なんだ？」


「好きだよ、光希」

「檸檬(れもん)お前――」

「なにさ」


「いや、ありがとう。嬉しいよ、檸檬」

「へへ……」


「ね、一つだけわがまま言っていい？」

「わがまま？」

「うん、朝雲(あさぐも)さんにも内緒で。一つだけ、最初で最後のわがまま言わせて」

檸檬の潤んだ茶色い瞳。光希の顔が映っている。

光希は頷(うなず)いた。

彼女が欲しいのは二人だけの小さな秘密。

そして焼塩(やきしお)檸檬は口を開いた。

エピローグ　ハッピーエンドの向こう側

あの夜から二日後。新学期の朝。

俺は溜息をつきながら、制服姿で玄関に向かう。

「終わった……」

そう、夏休みがついに終わったのだ。

目覚ましをかけずに起きる朝。エアコンの効いた部屋でネトゲの周回をして、漫画サイトの巡回をしているうちにもう昼だ。

午後はラノベや漫画を読んだり、配信のアニメをチェック。夜は申し訳程度に宿題をして、一日頑張った感を出して眠りにつく……そんな日々も終わりを告げた。

今朝、俺はスマホで日付を3度も確認して、ようやく現実と向き合うことにした。

「終わったものは仕方ないよな……」

自分に言い聞かせるように独りごちると、玄関の姿見に全身を映す。

服装も髪型も一学期からまるで代わり映えしない。寝癖くらいは直していくかと髪をいじっていると、

「もうお出かけですか、お兄様」

トテテ、と制服姿の佳樹が駆け寄ってくる。

「新学期だからな。遅刻すると目立つし」

我ながら言い訳じみてると思いつつ、側に来た佳樹の頭を撫でてやる。

「佳樹も今日から新学期だな。車には気を付けるんだぞ」

「はい、お兄様もお気をつけて」

へにゃりと嬉しそうにしていた佳樹が、急にたしなめるような表情になる。

「お兄様、ネクタイが曲がっていますよ」

佳樹は俺のネクタイをキッチリと締め直す。なんだかんだで身だしなみには口うるさい妹なのだ。

ネクタイに手を添えたままの体勢で、佳樹が俺の顔を凝視する。

「どうした。俺の顔に何かついてるか？」

「佳樹の気のせいでしょうか。お兄様、少し楽しそうに見えます」

楽しそう？　はて。面倒な学校が始まるというのに、浮かれて見えるということは。

「朝から佳樹に世話してもらって、機嫌がいいんだって」

そういうことにしておこう。新学期早々のリップサービスに、佳樹が相好を崩す。

「えへへ。お兄様、二人で駆け落ちでもしますか？」

「しないし、そろそろ学校行くよ」

言って玄関の扉を開けると、佳樹がツッカケを履いて追いかけてくる。

「え、なに?」

「はい、お兄様そのままです。前を見て、じっとしてて下さい」

俺の右肩の後ろ。カチン、カチン、という音が2度響く。

振り向くと、火打石を手にした佳樹が、満面の笑みで俺を見つめている。

「いってらっしゃい、お兄様」

◇

愛大前駅のホームから外に出ると、同じ学校の制服を着た生徒の流れに加わる。

友人と話しながら歩く者もいれば、俺と同じく一人で黙々と足を進める者もいる。

彼らは教室ではどう過ごすのだろうか。この瞬間と繋がっている者もいれば、いくつもの顔を使い分けている者もいるだろう。

……俺は感傷的な物思いを打ち切ると、歩調を緩めて人の流れから離脱する。

佳樹にキツく締められたネクタイを緩めていると、トンと優しく背中が叩かれる。

「おはようございます、温水さん」

俺の隣に並んできたのは朝雲さん。一瞬言葉の詰まる俺に頭を下げる。

「えっと……どうも、おはよう」

「温水さんも電車通学だったんですね。知りませんでした」

まあ、俺存在感ないからな。

言うべき言葉を探していると、朝雲さんは背筋を伸ばし、前を向いて話し出す。

「色々ありましたけど。光希さんとも檸檬さんとも、ちゃんと話ができました。きっとこれから、二人とはいい関係を続けていけると思います」

「それなら良かった」

俺は心の底からそう言うと、周りをうかがいながら、朝雲さんに少しだけ顔を寄せる。

「あの……前から聞こうと思ってたんだけど」

「なんですか？」

俺は声を落として続ける。

「ＧＰＳのこと。あれってやっぱり、焼塩にも仕掛けてたのか……？」

朝雲さんは表情を変えず、真っすぐ前を見つめたまま話し出す。

「温水さんご存じでしたか？　小さな発信機に組み込める電池には限りがあります。もって数日といったところですね」

「はあ。そうなんだ」

一体何の話だ。

「機能を失った装置は、果たしてなんと呼べば良いのでしょう？　発信機？　それともただのガラクタ？」

朝雲さんは人差し指をアゴに当てると、芝居がかった上目遣いで俺を見る。

「温水さんはどちらだと思います？」

電池切れの発信機だろ。俺はそれ以上の答えを諦め、話を変える。

「……なんか朝雲さん。塾で見かけてた印象と違うよね」

「あら、どんなイメージだったんですか？」

「もっとこう、おしとやかで真面目な人だと――」

言いかけて、俺は思わず苦笑い。

一言も話したことがない相手のイメージに何の意味があるのだろう。

朝雲さんは俺の肩に手を置き、背伸びをして、耳元で囁いてくる。

「知りませんでした？　私こう見えて悪い子なんです」

「……もう知ってる」

朝雲さんはうつむいたまま笑いをこらえている。

つられて口元を緩めた俺の背中を、突然誰かが強く叩く。

「チハちゃん、ぬっくんおはよう！」

明るい声で挨拶をしてきたのは焼塩だ。

ここ最近のゴタゴタを吹き飛ばす明るい笑顔。俺もぎこちないなりに笑顔を作る。

「え、ああ……おはよう」

「お早うございます、檸檬(れもん)さん」

焼塩は俺たちの間に割り込んでくる。

「二人、一緒にいたんだ。ぬっくん、楽しそうなとこ悪いけど、チハちゃん連れてくよ」

千早(ちはや)だからチハちゃんか。こいつら、ずいぶん仲良くなったな。

「そりゃ構わないけど」

「……ぬっくん、ありがとね」

焼塩は器用にウインクをすると、朝雲さんと腕を組む。

「チハちゃん早く行こ！」

「はい、檸檬さん。それでは温水さん、お先に」

二人は俺を置いて足を速める。

「ねえ、チハちゃん。教えてもらったシャンプー、ホントに今日取りに行っていいの？」

「はい、買い置きがあるので差し上げます。良ければヘアケアの仕方、一通り教えますよ」

……それにしても二人、やたら近い距離でイチャイチャしてるな。

朝雲さんは焼塩の髪をいじってるし、焼塩も何でなすがままなんだ。けしからん、もっとやれ。

油断なく二人の後ろ姿を観察していると、自転車のブレーキの音がする。

背の高い男子生徒が自転車から降りて俺の隣に並んでくる。

「おはよう、温水」

「綾野、おはよう」

全ての元凶、鈍感主人公こと綾野光希のお出ましだ。しかし続々と現れるな。俺はやはりスタンプラリーのチェックポイントなのだろうか。

「それで、あの二人どうなってるんだ？」

「俺も分からないけど、やたらと意気投合したみたいでさ」

綾野が一つ溜息。

「俺の昔の恥ずかしい話とか、早くも千早に筒抜けなんだ。正直まいるよ」

なるほど。俺は朝からノロケ話を聞かされているらしい。

二度目ともなると、さすがに面倒だ。八奈見の気持ちが少し分かった気がする。

「それは良かった。次からは俺を巻き込まずに頼む」

「でさ、温水」

綾野は俺の肩に腕を回してくる。

「お前に好きなやつができたときは必ず言ってくれ。絶対、力になってやる」

ええ……こいつには言いたくないなあ……。

そもそも、好きな相手なんてどうやって作るんだ。俺の周りの女子の顔を思い浮かべる。

……付き合うならもうちょい普通な子の方がいいな。出来ればスマホ画面から出てこないくらいが丁度いい。

綾野に気付いた焼塩と朝雲さんが笑顔で手を振ってくる。

「あ、光希おはよ！」

「あら、おはようございます。光希さん」

綾野も手を振り返す。

「二人ともおはよう。さ、温水も早く行こうぜ」

悪いが俺は朝から疲れた。今日は放課後に八奈見に呼び出されている。元気を残しておかないととても太刀打ちできそうもない。

「俺は後からゆっくり行くから。綾野は先に行ってくれ」

「そうか。それじゃ、またな」

三人の美男美女を見送ってから校門をくぐる。さて、後は静かに過ごすとしよう。教室にさえ入ってしまえば、精神統一しているうちに放課後だ。

「そこの……少年……」

……ん？　誰かに呼び止められたような気がしたが。

立ち止まるが、周りに知った顔はない。気にせず行こうとすると、

「文芸部の……少年……」

「っ！」

耳元から聞こえてきた声に思わず飛び上がる。

俺の背中に張り付くようにして立っていたのは、生徒会の志喜屋さん。いつにも増して青白い顔で俺を見つめている。

「えっと、志喜屋先輩。なにか用ですか？」

志喜屋さんは無言で俺の喉元に手を伸ばしてくる。

思わず硬直する俺のネクタイを長い指で締め直す。

「え、あの」

「新学期……ネクタイは……ちゃんと……締める……」

突然の展開に固まっていると、志喜屋さんは困惑したような表情で手を離す。

「……ごめん……野暮を……した……」

ん、どういう意味だ？

志喜屋さんは俺のネクタイの結び目から何かを抜き取ると、俺の手に握らせる。

「では……私は……これで……」

渡されたのは、長い一本の黒い髪の毛。これ、佳樹の髪だ。なんでネクタイの結び目に？

「あいつ、意外とそそっかしいな」

髪の毛を風に飛ばしながら、志喜屋さんの後ろ姿を目で追う。

あ、そういえばハンカチを返してなかったな……。

「ぬ、温水……あ、朝から、なにやってんだ」

「またか……じゃない、小鞠か。おはよう」

もう驚くのはやめた。自転車にまたがって現れたのは小鞠だ。白いヘルメットがよく似合っているので、ずっと被ってればいいと思う。

「なんか志喜屋先輩に服装を直されて」

「そ、その前。あ、あの男子……」

「D組の綾野だ。ほら、部室で一回見かけただろ」

俺の言葉を聞いているのか、小鞠がブツブツと呟きだす。

「ふ、不良の次は……め、眼鏡……優等生……」

小鞠がヘルメットの下で怪しく目を光らせる。

待て。こいつ、何の妄想をしている。

「袴田は不良じゃないって。それに違法な妄想は止めないけど、そういうこと人前で口にするもんじゃないぞ」

「つ、つまり……ひ、秘密の関係？」

なにやらスイッチが入ったらしい。小鞠が頰を軽く上気させ、満面の笑みで俺を見上げてくる。

それ、ちょっと可愛いからやめてくれ。相変わらず言ってること頭おかしいし。

「秘密も公然もなんもないし。遅刻するから俺もう行くな」

俺は小鞠を残して下駄箱に向かう。

新学期の一日目。なぜ朝からこんなに疲れているのか。

俺は明日から一本早い電車で来ると心に決めた。

◇

放課後、旧校舎の非常階段。

9月に入り、気が付けば真夏の暑さは遠のいている。

頰に夕方の風を感じながら、俺を呼び出した八奈見と並んでグラウンドを眺めていた。

「……で、なんで私が顚末を聞かされてなかったの？」

八奈見は不機嫌そうに、近所のパン屋のおぐらサンドを開封する。

俺は牛乳のパックにストローを刺しながら答える。

「だって聞かれなかったし。ほら、こういうことって他人に無闇に話せないだろ」

「いやいや、私って結構当事者でしょ？　ガッツリ巻き込まれてるからね」

おぐらサンドをパクツキながら、八奈見は手すりに肘(ひじ)をつく。

「まあ、丸く収まったんならいいけどさ。檸檬(れもん)ちゃんの気持ちが第一だし」

グラウンドの片隅で、陸上部がウォーミングアップを始めている。

遠くからでも目立つ日焼け女子が、勝手に走り出そうとして叱られている。

「とりあえず焼塩(やきしお)は元気だよ。少なくともこれ以上心配する必要はないんじゃないか」

焼塩は自分の問題にちゃんと自分で決着をつけた。俺たちは最後まで外野の立場だ。

色恋沙汰も痴話喧嘩(ちわげんか)も、結局解決できるのは本人だけだ。

「それはそうと八奈見さん。間食はやめたんじゃなかったのか？」

おぐらパンを食べきった八奈見が得意気に手をはたく。

「温水(ぬくみず)君、私は勝利したの」

「そうか、おめでとう」

面倒な空気を感じたので雑に会話を切り上げようとしたが、八奈見は構わず続ける。

「食生活の改善により、この一週間で２５０ｇのダイエットに成功したの」

２５０ｇ……？

「それって誤差――」

「1か月で換算すれば1kgね。つまり私には約束された勝利が待ってるのよ」

……うかつにツッコんだ俺の負けだ。心を無にして相槌(あいづち)を打つ。

「でも私気付いたの。このペースで行くと一年間で12kgも痩せちゃうじゃない？　それってちょっと健康上、問題があるんじゃないかなって」

確かに問題はあると思う。主に八奈見(やなみ)の頭の中に。

八奈見は得意げな表情のまま謎理論の披露を続ける。

「つまり、いまの食生活を維持しながら体形を維持するためには月に1kg、体重を増やす必要があるってこと。ある意味、逆転の発想だよね」

「……待って、少し冷静に考えてみよう。その理屈正しい？　ホントに大丈夫？」

心を無にしきれなかった俺に向かって、八奈見は自信満々の表情で頷(うなず)く。

「温水(ぬくみず)君、体重計は嘘をつかないんだよ。ちなみに脂肪1kgは約7200キロカロリー。カップ麺で言えば約20個分のカロリーを、余計に摂取する必要があるんだよ」

八奈見は2個目のおぐらパンを取り出す。

「ふふぁり、ふぉへもふぁいえっとのいっふぁんなの」

だから食いながら喋るな。八奈見は口一杯のパンをゴクリと飲みこむ。

「これこそ数学的に証明された積極的ダイエット法だよ。将来、本とか出そうかな」

「本が出たらサインを頼む」

ダイエット結果は、じきに八奈見の身体が教えてくれるはずだ。主に腹回りとかで。

俺は牛乳を飲みながら、のんびりとグラウンドを眺める。

二学期初日から授業は平常通り。否応なしに休み気分は吹き飛ばされて、いつも通りの日々が戻ってきた。

ちなみに担任の甘夏先生のお盆に賭けた婚活は上手くいかなかったようだ。

「そういや部長が部誌ができたって言ってたな。後で部室に寄らないと」

「あ、それならさっきもらってきたよ。はい、温水君の分」

八奈見は鞄から冊子を取り出す。

完成した部誌は、見つめ合う男性二人のイラストが表紙だ。明らかに後から描き足された洋服が微妙に浮いている。これ、最初はどんな絵だったんだ……？

受け取った部誌をパラパラめくる。

「……月之木先輩、ホントにあれ載せたのか」

ページを飛ばすと、他と毛色の違うページに目が留まる。

焼塩の絵日記だ。

俺たちが祖母の家に来たことが書かれている。

描かれている絵は、車に乗った5人の男女の姿。車が向かう先は、おとぎ話に出てくるようなお城の絵。お城に描かれているマークはツワブキ高校の校章だろうか。

そういえば焼塩は車に乗ってなかったはずだけど……。

あまり焼塩の頭の中を考えても仕方ない。俺はページをめくる。

次は八奈見の小説だ。彼女の前作は、ほのかな片思いとからあげ棒をテーマにした掌編。

今回はどんな内容なのだろう。俺は本人を無視して読み始める――。

文芸部活動報告　～夏報　八奈見杏菜『君におはよう』

今朝も私はコンビニで雑誌を読むふりでガラスの向こうを見ています。

通学路のセブンイレブンは雑誌コーナーから交差点が良く見えます。もちろんそこで毎朝信号待ちをする彼の姿も。

今日こそおはようと声をかけよう。そして勇気が出れば一緒に学校に・・・。

その時私は香ばしい匂いに気が付きました。

店員さんが「燻製あらびきソーセージ、出来立てでーす」と呼び掛けています。

セブンイレブンのホットスナックはどれも私のお気に入りです。

燻製あらびきソーセージは天然の腸詰めなので、パキッとした食感が特徴です。スモークの香りも食欲をそそり、手ごろな大きさで朝からだって食べられます。

いつもは早い時間から作っているのですが、今日はたった今出来上がったようです。

まだ彼の姿はありません。私は急いでレジに並びます。

こんな時に限ってレジは行列。ソワソワしながら待っているとようやく私の順番です。

「燻製あらびきソーセージ、１本下さい！」

「１１６円になります」

「はい。あ、丁度あります」

財布からお金を出していると、開いた自動ドアから聞き覚えのある笑い声が聞こえてきました。彼が交差点で友達と信号待ちをしているのです。

そして横断歩道の信号機が青に変わりました。

「紙袋に入れなくて構いません！　そのままで大丈夫です！」

私は串に刺さったソーセージを受け取ると財布をしまおうとして、手が塞がっていることに気付きました。

このままだと彼が行ってしまいます。

私は少し迷って横向きにソーセージをくわえると、閉まりかけた自動ドアの間から飛び出しました。

（注意：横向きでも、串をくわえたまま歩いてはいけません）

絶対に彼におはようと言わないと。

「〇〇君、おは・・・」

口から落ちたソーセージを空中で受け止めると、私は赤に変わった信号の前でガックリと肩を落としました。

彼はとっくに横断歩道を渡って、友達と笑いながら遠くにいます。

今日も・・・挨拶が出来なかった。

出来立てのソーセージは、なぜか少しほろ苦い味がしました。

◇

俺は八奈見（やなみ）の小説を読み終えると、部誌を閉じる。なんか無性にソーセージが食べたくなったな……。

「八奈見さんの小説、結構いいんじゃないか。ソーセージに対する愛にあふれている」

「ホント？　やっぱ実際に食べた甲斐（かい）があったなー」

八奈見は二つ目のパンを食べきると、途端に真面目な表情になる。

「あのね、温水（ぬくみず）君」

「急に改まってどうした？」

「……私、彼氏ができた」

!?　なにその突然の告白。

「えーと、おめでとう」

「いや、彼氏なんていないよ……」

どっちだよ。

八奈見は呻きながら顔を伏せる。

「インスタで匂わせをやりすぎて、友達の間で私に彼氏ができたって噂が広まっちゃったの。今度、みんなで集まるときに連れてこいって……」

「普通に否定すればいいじゃん」

俺の言葉に八奈見が噛みついてくる。

「いやいや、あんだけ匂わせたんだよ？　このタイミングで彼氏いませーんとか言ったら、八奈見また彼氏に振られたのか——ってなんない？」

「彼氏……？　また……？」

こいつって彼氏に振られたんだっけな……違うんじゃないかな……。

ツッコんでよいものか考えていると、八奈見は怪しく目を光らせて、俺をのぞき込んでくる。

「それで私考えたんだけどさ、代役を立てるのはどうだろうって」

「代役って、彼氏の？」

「そう。一度顔を見せたらカッコつくじゃない？」

それってつまり、偽彼氏ってやつか。

なんかラブコメらしい展開だ。俺は関わる気はないが、俄然興味が出てきた。

「へえ、なんか面白そうだな」

「でしょ？　それでさ、温水君に頼みがあるの」

俺に頼み？　まさか、俺に彼氏役になれというのか……？

関わりたくはない半面、ラノベで見たような展開に正直ちょっと心惹かれる自分がいる。

「それで……俺になにを頼みたいんだ？」

斜め45度、決め顔の俺に向かって八奈見が身を乗り出す。

「あのね、温水君にお願いしたいのは――」

「お、おう……」

八奈見がぐっと顔を寄せてくる。

「綾野君を借りれるように頼んでくれないかな！　彼、見た目がいいし優等生だから、適任じゃないかなって」

「……本気？」

答えを聞くまでもない。こいつ本気な目をしてやがる――。

俺は無言で手すりに肘を付き、すっかり秋めいてきた空を見上げる。

色々あった夏も、もう終わりだ。

二学期こそ、平穏無事な日々を送ろう……。

「それで温水君、さっきの話は？　頼んでくれる？」

八奈見は手すりに身体を預け、期待に満ちた目で俺を見つめてくる。

俺の答えは決まっている。

八奈見に向かって優しく微笑み、口を開く。

「……八奈見さん、彼氏作ったら？」

あとがき

お久しぶりです。雨森(あまもり)たきびです。

2巻を刊行するなんて、負けヒロインへの追い打ちが過ぎるのではないか……？　という声も聞かれる中、皆様のおかげで再びお会いすることができました。

この巻は1巻で唯一、自分の気持ちを伝えられなかった檸檬(れもん)ちゃんのお話です。

本来なら語られない負けヒロインと勝ちヒロインの、それからも続く日々。皆さんにお届けできてとても嬉しく思います。

前巻ではひょっこり顔を出すだけだった朝雲(あさぐも)さんも、いみぎむる先生の手により素敵な姿を与えてもらいました。

何を考えているのか分からない志喜屋(しきや)さんも、じんわりと温水(ぬくみず)君の周りに忍び寄ってきました。怖いですね。

そしてこの2巻、お届けするまでに担当の岩浅(いわあさ)氏には大変なご迷惑をおかけしました。

刊行直前まで幾度にも渡る原稿の直しにご指導とお付き合いを頂き、そのために遅れたスケジュールで、いみぎむる先生にも大変にご迷惑をおかけしてしまいました。

そんなタイトなスケジュールの中、関わってくださった全ての方にお詫(わ)びすると共に、こんな素敵な一冊を作り上げて頂き大変感謝いたしております。

そしてまた――2巻を出せたのは読者の皆様のおかげです。沢山の方に本を手に取って頂いたのはもちろんですが、小説は読んだ人の中で上演してもらって初めて完成します。

つまり読者の方がチームマケインの最後の一人、演出家でもあるのです。

これからもチームの一員として、マケインにお付き合い頂ければ光栄です。

次巻が実現すれば2学期です。少し大人になった温水君とマケインたちのこれからをお届けできればと思います。是非、彼らの青春を一緒に過ごしてあげてください。


……勘のいい方はそろそろ気付いているかもしれません。実は今回、少し多目にあとがきのページをもらえました。

せっかくなので先日の健康診断の結果とか、最近自分の年齢を一つ数え間違えていたことに気付いたので一歳若返った（若返ってない）ことなどを書こうと思ったのですが、半分ほど書いたところで思い留まりました。大人なので。

なので、次ページより本編では書けなかった幕間の物語をお届けしたいと思います。

3敗目が終わった直後のお話です。ストーリーに直接かかわりはありませんが、本編の裏でこんな一幕があったのです……。

俺の妹は正直○○かもしれない

突然の新城市（しんしろ）への一泊旅行を終え、俺は我が家の玄関前に立っていた。

昨日、家にはちゃんと連絡をして、親も快く宿泊を承諾してくれた。にもかかわらず、ずっと不安が胸から消えない。

……佳樹（かじゅ）だ。

あいつは俺が外泊すると異様に寂しがる。俺の中学の修学旅行の時など、着いてこようとして駅で母親に捕獲されたほどだ。

そんな佳樹から、昨日から連絡がないのも却（かえ）って不安である。

俺は深呼吸すると、恐る恐る扉を開ける。

「ただいま……」

小声で呟（つぶや）いて靴を脱いでいると、奥からエプロン姿の佳樹が走ってくる。

「おーにいさまっ！　お帰りなさい！」

「あ、ああ……ただいま佳樹」

あれ、なんだか機嫌が良さそうだぞ。

「さあ、早く上がってください！　ご飯にしますか？　お風呂にしますか？　それとも――って、なにを言わせるんですかお兄様っ！」

言って嬉しそうに俺のほっぺたを両手でムギュッと摘まむ佳樹。

ええ……なんなの、このテンション。

「どうした佳樹、庭に生えたキノコでも食べたか？」

「もぉ、お兄様ったら冗談ばっかり。洗濯物がありましたら頂きますよ」

「あー、うん、あとで持ってくよ。俺、一旦部屋で着替えるから」

「はーい、お昼ご飯の準備済ませちゃいますね！」

パタパタとリビングに戻る佳樹。

……一体なんなんだ。

とにかくさっさと着替えて、改めて佳樹のご機嫌伺いでもするか。

部屋に戻った俺はTシャツを脱ごうとして、勉強机の上になにかが並んでいることに気付く。

「文庫本……？」

佳樹に貸していた本が返ってきたのだろうか。何気なく手に取ろうとした俺は表紙を見て固まった。

机に並んでいるのは秘蔵のライトノベル。問題はそのタイトルだ。

『妹だからラブコメできないって、誰が決めたのお兄ちゃん？』

『冗談で兄妹でも結婚できるんだよと言ったら妹の態度が変わった件』

『年上の妹に甘えちゃってもいいですか？』
『妹と血が繋がっていない気がするんだが、見て見ぬふりをすると決めました』
『俺の妹は正直ヤバイ』

……そう、佳樹に見られて誤解を受けないように、引き出しの裏に隠していた妹テーマのラノベの数々だ。

言い訳をさせてもらえるのなら、『これからくるライトノベル大賞』の注目作を買ったら、たまたま妹モノだった——それだけのことである。ホントだから信じて欲しい。

しかしなんでそれが、

「机の上に並べてあるんだ？」

偽装は完璧だったはず。俺は震える手で本を取ると、更なる事実に気付いた。本に無数の付箋が付いているのだ。

一体、どんなシーンをチェックしているのか。

恐る恐るページを開こうとした俺は、背後の気配に気付いて振り返る。

「佳樹っ!?」

いつの間にか開いていた扉の向こう側に、佳樹が笑顔で立っている。

「……お兄様、お昼ご飯の準備が出来ましたよ」

「あ、ああ。すぐ行くよ」

俺は本を机に戻すと、動揺を隠して佳樹とリビングに向かう。

……このことは飯を食ってから考えよう。

とりあえず次は、バレないところにしまわないと——。

GAGAGAGAGAGAGAGAGAGA

弱キャラ友崎くん Lv.1

著／屋久ユウキ

イラスト／フライ

定価：本体630円+税

人生はクソゲー。俺はこの言葉を信条に生きている……はずだった。
生まれついての強キャラ、学園のパーフェクトヒロイン・日南葵と会うまでは！
リアル弱キャラが挑む人生攻略論ただし美少女指南つき！

GAGAGAGAGAGAGAGAGAGA

変人のサラダボウル

著／平坂 読

イラスト／カントク
定価 682 円（税込）

探偵、鏑矢惣助が出逢ったのは、異世界の皇女サラだった。

前向きにたくましく生きる異世界人の姿は、この地に住む変人達にも影響を与えていき――。

『妹さえいればいい。』のコンビが放つ、天下無双の群像喜劇！

AGAGAGAGAGAGAGAGAGAGA

千歳くんはラムネ瓶のなか

著／裕夢（ひろむ）

イラスト／raems（レームズ）

定価：本体 630 円＋税

千歳朔は、陰でヤリチン糞野郎と叩かれながらも学内トップカーストに君臨するリア充である。円滑に新クラスをスタートさせたのも束の間、とある引きこもり生徒の更生を頼まれて……？　青春ラブコメの新風きたる！

ガガガ文庫11月刊

お兄様は、怪物を愛せる探偵ですか?3 ～沈む混沌と目覚める新月～

著／ツカサ
イラスト／千種みのり

混河家当主が、兄弟姉妹たちの誰かに殺された。当主の遺体には葉介が追い続けてきた“災厄”の被害者たちと同じ特徴があり——。ワケあり【兄×妹】バディが挑む新感覚ミステリ、堂々の完結巻！

ISBN978-4-09-453216-6（ガつ2-28）　定価814円（税込）

シスターと触手2 邪眼の聖女と不適切な魔女

著／川岸殴魚
イラスト／七原冬雪

シスター・ソフィアの次なる邪教布教の秘策は、第三王女カリーナの勧誘作戦！　しかし、またしてもシオンの触手が大暴走。任務に同行していた王女をうっかり剝いてしまって、邪教は過去最大の存亡の危機に!?

ISBN978-4-09-453217-3（ガか5-36）　定価814円（税込）

純情ギャルと不器用マッチョの恋は焦れったい2

著／秀章
イラスト／しんいし智歩

ダイエット計画を完遂し、心の距離が近づいた須田と犬浦。だが、油断した彼女はリバウンドしてしまう。嘆く犬浦は、再び須田とダイエットを開始。一方で、文化祭、そしてクリスマスが迫っていた……。

ISBN978-4-09-453219-7（ガひ3-9）　定価792円（税込）

ドスケベ催眠術師の子3

著／桂嶋エイダ
イラスト／浜弓場 双

「初めまして、佐治沙慈のおにーさん。私はセオリ。片桐瀬織」夏休み。突如サジの前に現れたのは、片桐真友の妹。そして——「職業は、透明人間をしています」。誰にも認識されない少女との、淡い一夏が幕を開ける。

ISBN978-4-09-453214-2（ガけ1-3）　定価858円（税込）

魔王都市3 -不滅なる者たちと崩落の宴-

著／ロケット商会
イラスト／Ryota-H

偽造聖剣密造の容疑で地下監獄に投獄されてしまったキード。一方、地上では僭主七王の一柱・ロフノースが死者の軍勢を率いて全面戦争を開始する。事態を収拾するため、アルサリサはキードの脱獄計画に乗り出すが!?

ISBN978-4-09-453220-3（ガろ2-3）　定価891円（税込）

GAGAGA
ガガガ文庫

負けヒロインが多すぎる！2

雨森たきび

発行　2021年11月23日　初版第1刷発行
　　　2024年11月30日　第6刷発行

発行人　鳥光 裕

編集人　星野博規

編集　岩浅健太郎

発行所　株式会社小学館
〒101-8001 東京都千代田区一ツ橋2-3-1
［編集］03-3230-9343 ［販売］03-5281-3556

カバー印刷　株式会社美松堂

印刷・製本　TOPPANクロレ株式会社

Printed in Japan ISBN978-4-09-453041-4

第20回小学館ライトノベル大賞 応募要項!!!!!!!!!!!!!!!!!!!!!!!!!!!!!!

ゲスト審査員は裕夢先生!!!!!!!!!!!!!!!!!!!!

大賞：200万円＆デビュー確約
ガガガ賞：100万円＆デビュー確約
優秀賞：50万円＆デビュー確約
審査員特別賞：50万円＆デビュー確約

第一次審査通過者全員に、評価シート＆寸評をお送りします

内容 ビジュアルが付くことを意識した、エンターテインメント小説であること。ファンタジー、ミステリー、恋愛、ＳＦなどジャンルは不問。商業的に未発表作品であること。
（同人誌や営利目的でない個人のWEB上での作品掲載は可。その場合は同人誌名またはサイト名を明記のこと）

選考 ガガガ文庫編集部＋ゲスト審査員裕夢

資格 プロ・アマ・年齢不問

原稿枚数 ワープロ原稿の規定書式【１枚に42字×34行、縦書き】で、70～150枚。

締め切り 2025年9月末日 ※日付変更までにアップロード完了。

発表 2026年３月刊『ガ報』、及びガガガ文庫公式WEBサイト GAGAGA WIREにて

応募方法 ガガガ文庫公式WEBサイト GAGAGA WIREの小学館ライトノベル大賞ページから専用の作品投稿フォームにアクセス、必要情報を入力の上、ご応募ください。
※データ形式は、テキスト（txt）、ワード（doc、docx）のみとなります。
※同一回の応募において、改稿版を含め同じ作品は一度しか投稿できません。よく推敲の上、アップロードください。
※締切り直前はサーバーが混み合う可能性があります。余裕をもった投稿をお願いします。

注意 ○応募作品は返却致しません。○選考に関するお問い合わせには応じられません。○二重投稿作品はいっさい受け付けません。○受賞作品の出版権及び映像化、コミック化、ゲーム化などの二次使用権はすべて小学館に帰属します。別途、規定の印税をお支払いいたします。○応募された方の個人情報は、本大賞以外の目的に利用することはありません。